学園の華麗な秘め事

水上ルイ

幻冬舎ルチル文庫

CONTENTS ✦目次✦

学園の華麗な秘め事

✦カバーデザイン=齋藤陽子(CoCo.design)
✦ブックデザイン=まるか工房

イラスト・コウキ。✦

学園の華麗な秘め事

アレッシオ・リッツォ

「私が大切にしてきた聖イザーク学園は、以前とは大きく変わってしまった」

憂《うれ》わしげな表情で、祖父が言う。

「原因は、ケガなどして長いこと学園をあけることになってしまった、この私にあるのかもしれないが」

教育者らしくいつも矍鑠《かくしゃく》としていた祖父が、なぜか今はとても小さく見える。そのことが、俺の心を痛ませる。

イタリア、ヴェネツィアにあるリッツォ家の屋敷。海を見渡せる最上の部屋が、リッツォ家の代々の当主の部屋だ。ほんの一カ月前まで楽しげに学園長の仕事をしていたはずの祖父が、今はすっかり元気をなくしている。

「こんなケガくらい、昔はすぐに治ったものなのだが……すっかり老人になった気分だ」

祖父は笑いながら言うが、その口調に少し前までの力強さはない。

「またそんなことを。欧州社交界一のプレイボーイがそんなことを言ったら、世界中の美女達が泣きます。お祖父様《じい》に憧れている女性は、まだまだ数え切れないほどいるのですから」

俺はいつもの軽口を返す。これはまんざら嘘でもない。若い頃には欧州社交界一のハンサムと言われ、今でも白髪の貴公子と呼ばれる祖父に憧れている淑女はとても多い。その祖父がこんなふうにしおれているところは、彼女達も見たくはないだろう。

「はは、そうだな。早くケガを治してパーティーに出なくては」

祖父は言い、俺は笑い返すが……胸がズキリと痛む。

一カ月前、祖父は馬術競技の試合中に落馬した。その時に乗っていたのは頭がいいだけでなく温厚な性格のイザベラという名前の馬で、祖父にも本当に懐いていた。だがイザベラは試合中に急に暴れだして後ろ脚で棒立ちになった。落馬したところをさらに後ろ脚で蹴られ、祖父は脚を複雑骨折した。ケガの治りが遅いこともあるだろうが……親しんでいた愛馬が豹変したことが、祖父にとってはとてもショックだったようだ。さらに、競技は聖イザーク学園の馬場で起き、ほぼ全校生徒がその様子を目撃していた。生徒達からは未《いま》だにたくさんの手紙や見舞いの品が届いているが……祖父は、可愛い生徒達に心配をさせてしまった自分を責めてもいるようだ。

祖父はため息をついて、

「イザーク学園で校務員を務めてくれているジョバンニから、毎日のように連絡があるのだが……イザベラはあの事故の後、しばらく興奮したように暴れ、だがすぐにまた温厚で賢い馬に戻ったらしい。ジョバンニは『耳に虫でも入ったのでしょう』と言っていたが……あれはもっとひどい暴れ方だった」

その言葉が、俺の心のどこかに引っかかる。

……大富豪の当主である祖父は今までに何度も危険な目に遭ってきた。誘拐未遂、傷害未遂、果ては殺される寸前だったことも。もしかして今回も何かの陰謀が……？

俺は思い……それからまだ証拠はない、と思い直す。

……それに、心配事はもっと身近な場所にもある。

祖父には秘密にしているが、医者から後遺症が残るかもしれないと聞いている。そうなったら祖父は、今までのように優雅にダンスをしたり馬術を楽しんだりすることができなくなる。きっとこのまま気力すら衰えてしまうだろう。

……もちろん、早くよくなってもらわなくては困るのだが。

俺の名前はアレッシオ・リッツォ。イタリアの大富豪リッツォ家の嫡子《ちゃくし》であり、次期当主の筆頭候補と言われている。ハーバード大学を卒業したばかりの二十二歳だ。

そして俺の前にいるのはリッツォ家の当主であり俺の祖父、アレッサンドロ・リッツォ。両親を早くに亡くした俺を、慈しみ、大切に育ててくれた人だ。

リッツォ家はもともと実業家の家系で、祖父も五十代まではリッツォ・グループの総帥だった。しかし働きすぎて体調を崩したのを機に実業界からは身を引き、もう一つの事業のほうに力を入れ始めた。

リッツォ一族は、高名な研究者を輩出していることでも知られている。科学者だった曾祖父、生物学者だった大伯父、それに作家だった叔母が、それぞれノーベル賞をとっている。その縁もあって、リッツォ家は昔からさまざまな教育機関への莫大な寄付を続けてきた。そしてひときわ教育に関心のあった曾祖母が、一族が経営する学校の創設に踏み切った。リッツォ家が創設した学校は今では世界中に十五校。いずれも優秀な教師陣とこのうえなく贅沢な施設を持っている。

その中でも一番レベルが高いといわれるのが、聖イザーク学園。欧州の全寮制の学校は十二歳からの六年間を同じ場所で学ぶ場合も多いが、聖イザーク学園は中等部と高等部が別になっていて、中等部はスイスのベルンにある。聖イザーク学園の高等部はある意味とても個性的な環境の中にあり、小学校を出てすぐの子供が過ごすには少し刺激が強すぎるからという曾祖母の方針だ。

リッツォ家は世界中にたくさんの土地を所有しているが……その中でも聖イザーク学園は、かなり変わった場所にある。聖イザーク学園高等部は、エーゲ海に浮かぶ孤島、イザーク島の上に建てられているのだ。避暑地として使われていた城のように大きな別荘（今は一年生の寮になっている）と、最新の設備を持つリゾートホテルのように豪華な建物（校舎は最新式だ）が混在する様子はとても不思議だ。増築を重ねたせいで複雑に入り組んだ回廊は、美しい思い出があることも手伝って、今思い出してもとても魅力的だ。

欧州ではＶＩＰの子息はスイスの全寮制の学校に放り込まれることが多かったが……新しい環境を欲する保護者達に、エーゲ海の孤島にある学校というのはとても魅力的だったらしい。入学試験には、世界中から入学希望者が集まってくる。高いレベルの教育を保つため、入学金も学費もそれに比例してとんでもなく高いが、その反面、成績優秀な生徒はすべての支払いを免除され、いろいろな面で優遇されるという特徴もある。

一番近い大都市はエーゲ海クルーズの目玉としても知られるギリシャのサントリーニ島なので、息子に面会のついでにバカンスにも行けるのも受けたようだ。しかし……。

「聖イザーク学園に、いったい何があったのですか？」

俺が言うと、祖父は難しい顔になって、

「まだ問題は表面化していないが……最近、副学園長から頻繁に連絡が入る。学校の風紀が乱れているので、校則を改定させてくれないか、と。たしかに学校には規律が必要だ。しかしあまりにも厳しい校則は、あの学園の自由な校風の妨げになるかもしれない」

祖父の言葉に、俺はうなずく。

「聖イザーク学園の最高の長所は、あの自由さです。あの学校で、俺はかけがえのないものを学ぶことができました」

祖父は俺の言葉に微笑《ほほえ》む。

「おまえがあの学園のよさをわかってくれていて嬉しいよ」

「お祖父様の教えを受けましたから」

俺が言うと、祖父は笑みを深くする。それからふいに笑みを消して、

「しかし、何が、どんなふうに風紀が乱れているのか、具体的なことを副学園長はどうしても言おうとしない。ただ、素行に問題のある教師がいるとか、いないとか」

その言葉に、俺は、ああ……と思う。実はその『素行に問題のある教師』と言われているであろう人物には、心当たりがある。

「おまえは、いつかは教育に携わる仕事をしたいと言っていたね？　そのためにハーバード大学に在学中に教職員の免許も取ったのだと」

その言葉に、俺は深くうなずく。

「はい。聖イザークで過ごした学園生活の中で、俺は教育の素晴らしさに目覚めました。リッツォ家の嫡子である俺は、本来ならすぐにリッツォ・グループの会社のいずれかに入社して取締役としての修業を積むべきなのでしょうが……」

祖父は真剣な顔でうなずく。

「たしかに親類どもはパニックになるだろうな。次期当主候補がグループの総帥にならずに、教師になるつもりだと知ったら。だが、私はおまえの夢を応援するよ」

うるさい親類達に悩まされてきた俺には、理解ある祖父は何よりの味方だ。

……まあ……俺があの学園で働きたいのには、実は別の理由もあるのだが。

「とはいえ、私も生半可な気持ちで学園長をしてきたわけではない。おまえが教育者に相応《ふさわ》しくないと判断したら、すぐに教員を辞めさせる。そうなれば、もうおまえの意思とは関係なく、系列会社の一つの取締役として働いてもらうことになるが、いいかな？」

祖父の言葉に、俺はうなずく。

「俺も、教員をそんなに甘いものとは思っていません。特に、あの学園の生徒達は一筋縄ではいかない相手ばかりのはずですし」

俺の言葉に、祖父は苦笑を浮かべる。

「たしかに癖《くせ》の強い生徒は多いな。私は彼らの一人一人が可愛いし、その強い個性も含めてなんともいえず好きなんだが。まあ……学園長としてのんびり見守っていた私と、生徒達と一対一で向き合わなくてはいけない教員とでは、印象がかなり違いそうだ」

祖父は言葉を切り、深刻な顔で俺を見つめる。

「頼みというのは……しばらくの間、聖イザーク学園で、教員をしてみてくれないか、ということなんだ。今は欠員がないので臨時採用教員ということになるが……」

「それで、いったい何が起きているかをお祖父様に報告する、と？」

俺が言うと、祖父は小さく苦笑して、

「まるでスパイのようで抵抗があるかな？　もしもおまえが嫌なら、無理にとは……」

「いいえ。やらせてください」

俺は祖父の言葉を遮って言う。

「どちらにせよ、あの学園でやり残したことがあるのです。いつかは行かなくてはと思っていました」

俺の脳裏に、彼の麗しい顔が浮かぶ。

俺は入学式で彼に一目ぼれし、そのまま口説き続け……しかしとんでもなくモテる彼は年下で学生の俺になど見向きもしなかった。

そのことを思い出すだけで、胸がつぶれそうになる。

……そう、俺はまだあの人を手に入れていない。だからいずれはあそこに戻らなくてはいけなかったんだ。

北大路《きたおおじ》圭《けい》

「あなたを愛しているんです」

アレッシオが、真摯《しんし》な声で囁《ささや》く。

見つめてくる瞳は、エーゲ海と同じ美しい紺碧。日差しの下では紺色から深い青までのグラデーションを描いているように見える、とても不思議な瞳だ。

「これからも、俺にはあなた一人だけです」

陽《ひ》に灼《や》けた滑《なめ》らかな頬《ほお》、見とれるほど端麗な顔立ち。まだとても若いくせに、すべてを受け入れて甘やかしてくれそうな、圧倒的な包容力を感じる。

海風に揺れる、艶《つや》のある漆黒《しっこく》の髪。

真《ま》っ直《す》ぐに通った眉と、真っ直ぐに通った高貴な鼻筋。

長い睫毛《まつげ》の下で煌《きら》めく、意志の強そうなその目。

男っぽい唇。そこから出てくるのは、不思議なほどセクシーな低い美声。

彼の名前はアレッシオ・リッツォ。十八歳。イタリアの大富豪リッツォ家の現当主の孫。

世界的なリッツォ・グループの次期後継者と噂される彼は、将来はこの世界を背負って立つはずの人材。この年齢ですでに世界的な超ＶＩＰ。この学園でも、教師に匹敵する発言力を持つ学生会の会長と、さらに『キング』と呼ばれる特殊な地位にある。

パリコレのランウェイでも通用しそうなスタイル。身長は、百九十センチ近いだろう。初めて会ったのは三年前だが、彼はその頃から、完璧に大人の体型をしていた。まるでエリートビジネスマンのような彼を見て、年上好きのオレは思わずドキリとしたのを覚えている。

「俺の恋人になってください」

二人の立場が違っていたら、オレは陶然としてうなずいてしまっただろう。でも……。

「いやだ」

オレの言葉に、彼は愕然《がくぜん》とした顔をする。彼は苦しげな表情でオレを見つめて、かすれた声で言う。

「俺に至らないところがあればすぐに直します。もしも変われと言われれば変われるように努力します。俺はあなたのことだけを、心から愛しているんです」

三年間、ずっとそばにいたせいでアレッシオの性格はよく知ってる。こいつは絶対に嘘なんか言わないし、きっと言葉通りに一途にオレのことを思ってくれてる。けっこう思い詰める性格だから、今はかなりショックを受けてるだろう。そう思ったら心が罪悪感で痛むけれど……でもこれはオレのポリシーで……。

「なんと言われても却下」

「どうしてですか？　俺のことがそんなに嫌いですか？」

切ない声で言われて、オレはため息をつく。聞いてるだけで、なんだかこっちまで苦しくなってくる。

……引く手数多《あまた》の遊び人のオレをこんな気持ちにさせるなんて、まったくなんてヤツだ。

「未成年には手を出さない。ましてや自分の生徒なら、なおさらだ。これは確固たるオレのポリシーなんだよ」

オレの言葉に彼はさらに苦しげな顔になってうつむき……しかし一瞬後、何かに思い当たったかのように勢いよく顔を上げる。

「先生、じゃあ、俺が卒業して、さらに成人してから告白したら、少しはチャンスがあるのでしょうか？」

オレが黙ったまま見返すと、彼は呆然《ぼうぜん》とした顔でオレを見つめ……それから苦しげに目をそらす。微《かす》かに震える声で、

「すみません、あなたにとってきっと、俺はなんの価値もない……」

「こら、ネガティブになるな。チャンスがないとは言ってない」

「え？」

彼は驚いたように目を見開き、オレの顔を見返してくる。

「ほ……本当ですか……？」

「まあね。でもな、卒業して、成人した後、ちゃんと告白しに来たら、だ」

オレは手を伸ばし、人差し指で彼のおでこをぴんと弾《はじ》いてやる。

「ま、どうせ忘れるだろ」

「どうしてそんなことを言うんですか？　俺の言葉を信じてくれていないんですか？」

「そうじゃねーよ。今まで戻ってきた生徒は一人もいないから、統計上、おまえも来ないだろうと思っただけ」

言いながら、胸がまたズキリと痛むのを感じる。

……ああ、なんでこうなるんだ、こいつといる時は？

「卒業しても忘れられないようなら、オレを迎えに来い」

「はい。あなたを必ず迎えに来ます。それまで、絶対に待っていてください」

彼の澄んだ瞳が、オレを真っ直ぐに見つめる。やけに真摯な声に、胸が痛む。

「あはは、嘘だよ。本気にするな」

オレは無理やり笑って、なんとかごまかそうとする。なのに……。

「俺は本気です。あなたを愛しているんです。俺にはあなただけなんです」

……ああ、もう、本当に調子が狂う。

「何、とぼけたことを言ってる？　おまえは、大富豪リッツォ家の嫡男じゃないか」

オレはため息をついて、意味不明な心の痛みを追い出そうとしながら、

「世界は広い。学園を卒業した瞬間、おまえの周囲には煌びやかなものが溢《あふ》れるだろう。ハーバード大学での忙しいけれど充実した日々、周囲に集まる美しい女性達、自由な週末。おまえは大富豪の子息だから、シーズンごとの別荘でのパーティーも追加だな」

「先生を忘れるわけがありません。俺は何があっても先生のことだけを……」

「みんなそう言うんだよ、ガキ。……いい成績で大学を卒業し、可愛い女性と結婚して、会社を継いで、それを大きくしろ。経済雑誌でおまえの顔を見つけたら、写真に向かってお祝いを言ってやるから」

オレは、精一杯の明るい顔で彼に笑いかける。

「おまえの前には煌めく道が延びてる。頑張れよ」

いかにも『いい先生』って感じで言ってやったのに……彼はまた苦しげな顔になって、

「俺は、さっき先生が言ったことを忘れません」

深い紺碧の瞳が、オレを真っ直ぐに見つめてくる。

「俺はここに戻ってきます。その時は、先生は俺の恋人になるんです。いいですね？」

苦しげな声が、オレの胸を激しく揺らす。

……ああ、だから、どうしてこいつの時だけ、こんなふうになるんだ、オレは？

「先生を愛しています。俺が大人になるのを、ここで待っていていただけますね？」

彼が手を伸ばし、オレの顔にそっと触れてくる。大きな手で頬を包まれ、滑らかな指先で唇の輪郭を辿《たど》られて、背中にゾクリと戦慄《せんりつ》が走る。

膝《ひざ》から力が抜けそうになり、オレは座り込みそうになるのをこらえる。なんていうか……見つめてくるこいつの目は、それほどセクシーで……。

オレは必死で笑いを顔に押し上げて、

「できない約束はしないほうが……」

オレは言いかけて、思わず言葉を切る。彼の端麗な顔がいきなり近づいてきたからだ。思わず目を閉じたオレの唇に、柔らかな唇がゆっくりと重なってくる。

「……ん……」

驚いて開きっぱなしになってしまった唇の間から、彼の舌が滑り込んでくる。

「……んう……」

濡《ぬ》れた舌が、オレの舌を滑らかにすくい上げる。思わず逃げようとするオレの舌を追い、そのまま二人の舌が淫《みだ》らに絡み合う。

「……んく……う……」

……ああ……こいつが、こんなやらしいキスをするなんて……。

いきなり、膝からカクンと力が抜ける。彼の腕がオレの腰をしっかりと抱き留め、そのまさらに深いキスを繰り返す。

「……ん、んん……」

鼻腔をくすぐるのは、やたらと芳しい彼のコロン。まるで絞りたてのレモンみたいに若々しくて爽やかなくせに、その奥にセクシーなムスクを含んでる。まるで、こいつ自身のようなその香りに、いつも陶然としてしまったのを思い出す。

「……んん……っ」

彼の舌が、オレの舌をやっと解放する。息をつく間もなく、そのまま上顎《うわあご》をくすぐるように舐《な》め上げられて……ゾクゾクするような快感が背筋を這《は》い上がる。

……ああ、どうしよう……？

自分の身体《からだ》の変化に気づいて、泣きそうになる。

……オレ、校医なのに、生徒とのキスで勃起しちゃってる……。

彼は深いキスを奪いながら、脚をオレの腿《もも》の間に強引に割り込ませてくる。思わず逃げようとするけれど、背中を壁に押し付けられているから身動きが取れない。

「……く……っ！」

彼の腿が、オレの両脚の間の硬いものをグッと強く擦《こす》り上げる。それだけでいきなり放ってしまいそうになり、オレは必死でかぶりを振って彼の唇をもぎ放す。

……クソ、気づかれてないだろうな？　生徒とのキスで勃っちゃうなんて、校医として失格だぞ……！

「先生」

彼がオレを見下ろし、どこか呆然とした声で言う。

「もしかして、俺とのキスに感じてくれていましたか？」

「うるせえっ！　そんなわけないだろっ！」

オレは怒鳴り、彼を思い切り突き飛ばす。後退《あとじさ》った彼の鼻先に指を突きつけて、

「今のはただの卒業祝い！　たいした意味はねえっ！　覚えておけっ！」

「もちろん、忘れません。絶対に」

彼は真摯な声で言い返し、その真っ直ぐすぎる瞳でオレを見下ろす。

「あなたを迎えに来ます。愛しています、先生」

◆

目を覚ましたオレは、天井に向かって思わず深いため息。

「……まぁた、この夢かよ……」

あの夜から四年。アレッシオはハーバードを主席で卒業し、祖父の事業の一つを継ぐのだろうと風の噂で聞いた。あいつがまっとうな道を歩んでいることを、校医として喜んでやるべきなんだということはよく解《わか》ってる。なのに。

「……なんで、こんな気持ちになるんだよ……？」

オレは自分の胸の中を検証する。熱くて、苦しくて、何か大切なものをなくしてしまったかのような空虚な気分。この気持ちがいったいなんなのか。未だに謎なんだけど。

「……っていうか、もうほんと、いい加減に忘れろってば」

自分に言い聞かせながら、勢いよくベッドから起き上がる。低血圧のせいでいきなりクラッと眩暈《めまい》がして……オレは両手で顔を覆って、またため息。

……あいつが迎えに来るわけがないのに……ほんとオレ、バカみたい。

眩暈が治まるのを待ってのろのろと立ち上がり、あくびをしながら窓に向かって歩く。最高級の純白の大理石の床、そのひんやりとした感触が、足の裏に心地いい。

日本風に言えば二十畳ほど。だだっぴろい寝室を歩き抜けて、フランス窓の掛け金を外して内側に開く。さらに外にある鎧戸《よろいど》を外側に向かって大きく開き……あまりの眩《まぶ》しさに思わず目を細める。

「まったく、今朝《けさ》も嫌味なほど晴れやがって」

フランス窓の外は、やはり最高級の白い大理石が張られた、半円形の広いテラス。いちおうここは職員寮のはずだけど……ホテルのように毎日きちんとルームクリーニングが入るせいで、裸足《はだし》でテラスに出ても足の裏が汚れる心配なんかない。

「これがリゾートホテルなら、言うことないんだけどな」

テラスを突っ切って歩き、石でできた手すりに両肘《ひじ》をかける。

目の前に広がるのは、雲ひとつない快晴の空。そして美しい紺碧のエーゲ海だ。

「しっかし、これが学校だなんて、お金持ちの考えることは突拍子もないよなぁ」

個人所有の島であるこのイザーク島は、エーゲ海に浮かぶキクラデス諸島の一つ。一番近いサントリーニ島の港から、高速船で一時間もかかる。超高級リゾートホテル並みの施設を誇るここには、スイスの寄宿学校を嫌った大富豪の子息が送り込まれてくる。実はけっこうお坊ちゃんのオレも、ここの卒業生だ。ここを出た後、医大に進んでニューヨークの一流病院の救命救急センター《ER》で研修医をしていたんだけど、七年前、この学園の校医にされてしまった。祖父さんがこの学園の創設者と知り合いで、その関係で強制的に。せっかく都会で楽しく暮らしていたのに……まさか母校に戻って来るハメになるなんて！

やさぐれつつもこの学園の校医を務めているけれど……オレは実は生粋のゲイ。女性は綺《き》麗《れい》だとは思うけど、恋愛対象だと思ったことは一度もない。食べ頃の男子、しかも美味《おい》しそうな良家の子息ばかりが集まっているここに、オレみたいな狼を放り込んでいいのかよ、遊んでやるぜ！　と思ったけれど……根が真面目《まじめ》なせいか、どうしても生徒に手を出すことができない。超美形なうえにニューヨークで培った誘導フェロモンだだ漏れのオレには言い寄ってくるハンサムな生徒が後を絶たない。オレは本気で迫ってくる生徒には、「卒業しても忘れられないようなら迎えに来い」と言って学園を送り出してやっていた。むろん、故郷に帰れば王族だの大富豪だののヤツらが、学園の校医なんかを迎えに来るわけがない。同窓パーティーでは「本気で好きでした」と言われまくるけど、もちろん全員が過去形で……。

……これじゃあ、ただのいい先生だよ……！

ここに赴任してきてすぐ、生徒に手を出さないと決めていたオレの決心を揺るがせた生徒が一人いた。その生徒の名前が、アレッシオ・リッツォ。オレにキスをしやがったあいつ。ハンサムで頼りがいのある学生会長で、下級生からめちゃくちゃにモテていた。学生らしく、可愛い下級生を相手に可愛い恋の真似事でもしておけばいいものを……アレッシオはなぜか、オレに恋をしたと言った。

かわしてもかわしても、アレッシオは告白を繰り返してきた。オレはそのたびにダメだと言っていたけれど……どうしても、本気で「迷惑だからもうやめろ」と言うことができなかった。

「……思い出すだに、悔しいぞ」

オレは呟《つぶや》いて、深いため息をつく。

「……しかも、やっぱりあいつも、口だけじゃないか」

四年も前に卒業した生徒との思い出は、そろそろ忘れていいと思う。なのに、なぜか忘れられない。そして、何度も何度もあのキスを夢に見る。

……ああ……オレもたいがいバカだよなあ……。

アレッシオ・リッツォ

「卒業しても忘れられないようなら、オレを迎えに来い」

彼の澄んだ瞳が、俺を真っ直ぐに見つめる。やけに真摯な声に、胸が痛む。

「はい。あなたを必ず迎えに来ます。それまで、絶対に待っていてください」

俺は心のすべてを込めて囁き返す。なのに……。

「あはは、嘘だよ。本気にするな」

彼は可笑《おか》しそうに笑って、俺の本気の告白を軽く受け流す。俺は、

「俺は本気です。あなたを愛しているんです。俺にはあなただけなんです」

「何、とぼけたことを言ってる？　おまえは、大富豪リッツォ家の嫡男じゃないか」

彼の顔に浮かんでいるのは、一点の曇りもない眩《まばゆ》い笑み。

バックに広がるのは、澄み切った青い空と紺碧のエーゲ海。

ほっそりとした身体を包むのは、上等のスーツ。海風に翻るのは、彼のトレードマークである白衣。

キラキラとした艶のある茶色の髪。

真珠のように白く透明感のある、滑らかな肌。

形のいい眉と、細く通った上品な鼻筋。

不ぞろいに反り返る、とても長い睫毛、その下で煌めくのは、微かに赤みを帯びたような不思議な紅茶色の瞳。

淡いピンク色の唇は形がよく、とても色っぽいけれど……こうして能天気な笑みを浮かべ、無責任な言葉を紡ぎだす。きっと俺の気持ちになんかとっくに気づいているだろうに、さも『いい先生』みたいなことばかりを言う。それが……とても憎らしい。

「いい成績で大学を卒業し、可愛い女性と結婚して、会社を継いで、それを大きくしろ。経済雑誌でおまえの顔を見つけたら、写真に向かってお祝いを言ってやるから」

彼が笑みを深くし、美しい白い歯が覗《のぞ》く。まるで歯ブラシのＣＭみたいに爽やかな笑みに、必死で抑え込んでいる感情は爆発寸前だ。

「おまえの前には煌めく道が延びてる。頑張れよ」

やけに明るい声で言われたその言葉が、「おまえみたいな子供は眼中にない」に聞こえて、胸がズキリと痛む。

初めて出会った時、そのあまりの麗しさに思わず見とれた。彼はまるで、神々しい天使のように煌めいて見えた。しかし、それはすぐに苛立《いらだ》ちに変わった。

彼は校医という立場にあるにもかかわらず、無責任なことばかり言い、好きなことばかりをし、面白がって生徒をからかい、暇さえあればどこででも昼寝をした。自分がどんなに麗しく色っぽいかをまったく自覚していない彼は、生徒の目をまったく気にしなかった。滑らかな肌を露出し、平然と水着一枚で歩き回る彼の姿は……野獣のような思春期の男子生徒達にとってはあまりにも目の毒だった。

完璧な当主になるための厳しい教育だけを受けてきた俺には、彼のような人間は、とても受け入れがたい存在だった。

世界的に名前を知られた名門校、この聖イザーク学園で学生会長を務めることは、超エリートとしての第一歩。将来的にも大きなプラスになる。そのために俺は誰よりも優秀で、誰よりも完璧な生徒でいなくてはいけなかった。……なのに……。

彼はいつの間にかスルリと人の心に忍び込み、俺の心をかき乱した。最初は苛つくばかりだった俺は、次にあまりにも無防備な彼を本気で心配するようになり、そのうちどうしても放っておけなくなり……しまったと思った頃には、時、すでに遅し。俺は、どうしようもなくこの人のことを好きになってしまっていた。

そしてそのまま、終わりのない苦しみに身を焼かれることになった。

彼は無責任でどうしようもない校医だったが、実はどの生徒にも平等だった。つれない言葉を吐きながらも、彼はすべての生徒を見守っていたし、必要な時には手を差し伸べた。そんな時の彼はこのうえなく優しく、そして完璧な校医だった。

そんな彼を一生徒でしかない俺が独占できるとはとても思えない。だが、この気持ちはどうしても諦《あきら》めきれない……。

「俺は、さっき先生が言ったことを忘れません」

彼の瞳を見つめながら、俺は言う。

「俺はここに戻ってきます。その時は、先生は俺の恋人になるんです。いいですね？」

彼の顔から、ゆっくりと笑みが消えていく。形のいい眉が、困ったように微かに寄せられたのを、俺は見逃さなかった。

……きっと彼は俺のことなどなんとも思っていない。きっとこのままでは、俺のことなどすぐに忘れてしまうのだろう。

そう思ったら胸が張り裂けそうなほどにつらくなる。

「先生を愛しています。俺が大人になるのを、ここで待っていていただけますね？」

俺は言い、その麗しい顔に、ゆっくりと顔を近づけて……。

「おはようございます、そろそろお時間ですよ、アレッシオ様」

いきなり響いた声に、俺はハッと目を開ける。

「今日はごゆっくりのお目覚めですね。いつも早起きのアレッシオ様にしてはお珍しい」

ベッドに起き上がると、屋敷の家令が、寝室のカーテンを開くところだった。

……また、あの夢を見てしまった……。

俺は思いながら、ベッドサイドの時計に目をやる。時間は七時十五分。いつもは六時半に起きて家令が来る前にシャワーを浴び、新聞を読みながら、朝のエスプレッソを家令が運んでくれるのを待つのだが……今朝はどうやら寝坊をしたらしい。

「とてもいい夢を見ていたんだ。できれば起きたくなかったな」

「おお、それは失礼いたしました」

家令の本気で申し訳なさそうな声に、俺は苦笑する。

「すまない、マッシモ。君が気にすることはない」

「本当に行かれるのですか？　寂しくなります」

「物資を送ってくれるように頼むかもしれないので、その時はよろしく」

俺が言うと、寂しそうな顔をしていた彼がやっと笑ってくれる。

「このマッシモにお任せください。……お仕事が、うまくいきますように」

「どうもありがとう」

俺は、圭の麗しい顔を思い出す。ずっとずっと焦がれていた彼のためなら、どんなことでも犠牲にできると思う。

「どうしても諦められないんだ。もしも諦めたら、一生後悔するだろう」

……俺はどんなことをしても、彼を手に入れなくてはいけないんだ。

北大路圭

「今月、教師用の寮に忍び込もうとした生徒は二十人。生徒の間ではあなたの水着姿の写真が高額で取り引きされ、あなたのメールボックスからは毎朝ラブレターがあふれている」

副学園長の言葉に、オレはあくびをかみ殺しながらうなずいてみせる。

「はあ。それが何か？」

「何か、ではありませんよ！」

副学園長は手のひらでデスクを、バァン！　と叩《たた》く。

「この学園は、世界的なレベルから言っても最高といえる教育機関です！　教育というのは、学問においてだけではなく、情操においても最高のものであるべきだ！」

バンバンとデスクを叩かれて、オレは思わずため息をつく。

……会議が終わったらもう一眠りするつもりだったのに、目が覚めてしまうじゃないか。

「ともかく！　生徒がそのようなふしだらな行動を繰り返すのは、先生の普段の行動にも問題があるのでは？」

「普段の行動？　……ふわぁ……」

思わずあくびが出てしまい、副学長の額に見えていた青筋がさらにくっきり浮き上がる。

「あなたには昔から悪い噂があるんですよ？　目をつけた生徒を保健室に連れ込んでは、いきすぎた性教育をしているという……」

「いきすぎた性教育ってなんでしょうか？　ぼくには想像もつきません。具体的な言葉でお願いできますか？」

わざと身を乗り出して首を傾《かし》げてやると、副学園長は鼻白んだように、

「と、ともかく。普段の素行には気をつけてくださいよ！　この学園には世界中からＶＩＰの子息が集まっています。何かあったら国際問題にまで発展しかねないんですから！」

副学園長の言葉は、大げさではない。この学園には王侯貴族も多いせいで、母国に帰れば敵同士、なんて生徒も数知れず。何かあったらたしかに問題だけど……。

「気をつけます。それに……」

オレは思わず笑みが消えるのを感じながら言う。

「……この学園の生徒達はバカではありません。冗談と本気の区別くらいつきますよ。ぼくにちょっかいを出すのは、彼らのかまってほしいという合図です。たいていは年齢の近いぼくに甘えたいだけですが、たまに、本当にカウンセリングが必要な生徒もいます。その場合はドクターとして、きちんと対処するようにしています。自分の行為が行きすぎているとは

思いませんが?」

真面目な顔で真っ直ぐに見つめてやると、副学園長は動揺したように目をそらし、

「それならけっこう。今後もそのようにお願いしますよ。……それでは、今朝のミーティングはここまでにいたしましょう」

彼の言葉に、教師達は立ち上がる。

……ああ、今朝もかったるかった。

立ち上がり、先生方の後ろ姿を見送りながら思わずあくび。

……副学園長を煙に巻いたところで、さっさと昼寝に……。

「ドクター・キタオオジ。今朝も、本当に麗しい」

後ろからいきなり囁かれて、オレは振り返る。そこに立っているのは数学担当のマネケン先生。見た目はハンサムな部類だし、生徒からも人気がある。

……まあ、最近やけにベタベタしてきて、うっとうしいんだけど……。

うっとりと見つめられて、オレは条件反射でにっこり笑ってしまう。この愛想のよさが誤解を生むと解ってるんだけど、先輩教師の前ではついやってしまう。自分の小市民っぷりにうんざりするのはこんな時だ。

「どうもありがとうございます。……で、何か?」

言うと、彼はにやつきながらスーツのポケットから封筒を取り出す。

「実は今週の土曜日、サントリーニ島にある叔父の別荘でパーティーがひらかれるんですよ。先生もご一緒にいかがですか？」

「……パーティー？」

オレはその言葉に思わず反応してしまう。ニューヨークにいる頃は、毎晩のようにパーティー三昧だったし、高級レストランも行き放題だった。孤島にあるこの学園に来てからは、そういう都会的な行事にも、ご馳走にも、シャンパンにすらとんとご無沙汰《ぶさた》で……。

「二人きりで、朝まで教育に関する話でもしませんか？　島で一番のホテルのロイヤルスイートを予約してあるんですよ」

彼の視線が、やけにいやらしくオレの身体の上を滑る。

……そういう目的か。どうも最近、しつこいと思ったよ。

オレは内心ため息をつき、それからにっこりと笑ってやる。

「それはとても楽しそうです。でもパーティーとか、もう飽きちゃったんですよね。マンハッタンの病院にいる頃は、パーティーばかりだったんですよ。今は、この島で生徒に囲まれているのが、一番楽しいかなあ」

言って踵《きびす》を返し、呆然とするマネケンを置き去りにしてミーティングルームを出る。

……ああ……本当は、ロゼのシャンパンが飲みたい。高級チョコレートが食べたい。鴨のオレンジソースが懐かしい。

全寮制のこの学園には、有名シェフがいるメインダイニングがある。ランチは三つあるカフェや購買で売られている軽食で済ますことができるけれど、朝食とディナーは、生徒も教師もダイニングでとるようにという決まりがある。チーフシェフはフレンチの巨匠と呼ばれる人で味には文句はないんだけど……食育に熱心すぎるせいで、野菜はすべて島の裏側にある農園で作られる無農薬のもの、肉類はできるだけ避けて魚中心のメニュー、甘いデザート類は最低限、アルコールは教師でも一切禁止、という修道院みたいな食事を強制されてる。たしかに健康にはよさそうだけど……。

生徒はもちろん無理だけど、この学園の教師には、外出が許されている。だからどうしても贅沢がしたい時には外出許可を取り、高速船に乗って別の島に向かう。一番近いのはサントリーニ島だから、たいていはそこで息抜きをする。サントリーニ島はエーゲ海クルーズの拠点にもなっている一流のリゾートだからお洒落《しゃれ》なカフェや美味しいレストランがあるし、贅沢なホテルがいくらでもある。

オレはマネケンのにやにや笑いを思い出し、憤然とため息をつく。

……でも、オレを安く見るなよ。そんなことくらいでエッチさせてたまるかよ。

◆

「あ〜あ、いい天気」

オレは言いながら、保健室のテラスに出る。作ったばかりの冷たいカクテル（もちろんノンアルコール）をテラステーブルに置き、紺碧の海を見渡す。頭の上には澄み渡る青い空。広がる海の遥《はる》か向こうに、大きな入道雲が見える。エーゲ海クルーズをする豪華客船が何隻も行き交うのを見ていると、まるで自分まで海の上にいるような気分になってくる。

「こんな天気のいい日は、バカンス気分を味わわなくちゃな」

オレは呟きながら、革靴と靴下を脱ぎ捨てる。

どこもかしこも贅沢なこの学園。保健室ももちろん例外ではない。純白の大理石の床を持つ診察室は、パーティーが開けそうなほど広い。

壁際に並ぶアンティークの薬棚は、オレが注文したもので、なかなか趣き深い。その隣にはやはりアンティークのライティングデスクがあり、診察用の椅子が向かい合っている。患者側はいかにも病院のものって感じの背もたれなしの丸型回転椅子だけど、オレのほうは偉そうな背もたれのある、ベルベット張りのアンティークだ。

診察室の一角はカーテンで仕切られていて、その向こうには生徒が休むためのベッドが六つ並べられている。日本の病院にあるヤツみたいなパイプベッドじゃなくて、シンプルだけどやけに寝心地のいいものが。おかげで昼寝をしたい生徒を追い払うのが大変だ。

さらに、診察室の隣には手術ができる設備まで整っている。緊急時にすぐに使える救急へりもあるんだけど、常に天候が安定しているとは限らないから。一応世界一といわれる施設を持つマンハッタン病院のＥＲで修業を積んだ身だから、緊急手術もできないことはないけど……もちろん、そんな事態には絶対に陥ってほしくない。

診察室の海側の壁面には、天井まである縦長のフランス窓が並んでいる。その向こうには白い大理石を張られた半円形のテラス。正面に広がるのは美しい紺碧のエーゲ海、左を向けば馬場とポロ用の広大な競技場を見ることができる。島の広大な敷地を利用して造られたポロ競技場は、サッカー場の六倍もある本格的なもの。周囲を低い森に囲まれ、庭師の手で整備された芝生が茂るそこは、眺めるだけでも美しい。

「さて、昼寝でもするか」

オレは言って、上着のボタンを外す。保健室のベッドに横になると本気で寝てしまうので、ちょっと昼寝したい時にはテラスに出したデッキチェアで寝ることにしてる。

朝のミーティングにはスーツをきっちり着ていかないと副学園長からたっぷり絞られるので、仕方なく毎朝この格好をしてミーティングルームに行くけれど……この眩い陽光の下、しかも夏の余韻が残るこんな暑い日にスーツ姿でいるのはかなりの苦行だ。

オレは上着を脱ぎ、ネクタイを解《ほど》く。近くにあるテラスチェアにそれらを放り、ワイシャツのボタンを外す。スラックスとワイシャツを脱ぎ捨て、下着の代わりにはいていた水着一枚になる。一限だけある保健の授業が終わったら海で一泳ぎするつもりだったから、朝からこの格好。トランクス型で、ふざけたアメリカンコミック柄だ。

「あ〜あ。これがバカンスなら本当に言うことないんだけどなぁ」

オレは手すりにもたれかかって美しい海をしばし見つめ、それからデッキチェアに仰向《あおむ》けになる。保健の授業まではまだ一時間半くらいあるから、いい感じに一眠りできるだろう。

眩い陽光が肌を暖める感じが、すごく気持ちがいい。真珠のように白く滑らか……とよく言われるオレの肌は、どんなに日光浴をしても陽灼けをほとんどしない。赤くなったり痛くなったりしないのはありがたいけれど、少しでも男っぽさを増し、生徒からの意味もない求愛を避けたいオレにとっては、これは腹立たしい限りだ。

……それにしても……。

オレは思い切りあくびをして身体を伸ばし、頭の後ろに腕を回して空を見上げる。

……昨夜の夢は、本当にとんでもなかったな。あいつが戻ってくるわけなんか、絶対にないのに。

思ったら、なぜか胸がズキリと痛む。ふいに泣きたいような気持ちになって、オレは慌てて目を閉じる。

……まったく、なんであいつのことを思う時だけ、こんなふうになるんだよ？

オレは手のひらで目の上を覆い、そのまま眠りに落ちようとして……。

「うわあ、先生！」

いきなり響いた声に、その格好のままでため息をつく。

……ああ、朝っぱらからうるさいのが来た。

「何度言ったらわかるんですか！　またそんな裸同然の格好で！」

タタタ、と走ってくる軽い足音。

「見つけたのが僕達じゃなかったら、絶対に襲われてますってば！　先生の身体、めちゃくちゃに色っぽいんですから……っ！」

目を開けると、見下ろしてきているのは、馴染《なじ》みの生徒。金色の髪と陽に灼けた肌、晴れ渡った青空みたいな澄んだ青い瞳。愛嬌のある顔はまるで小型犬のようだ。

「ああ……ケインか。朝からうるさいよ」

オレが言うと、彼はキッと眉をつり上げて、

「うるさくなんかありませんっ！　先生の身の安全を守るのは、僕達保健委員の一番の役目なんですからっ！」

思い切り叫ばれて、私は渋々起き上がる。キャンキャン叫んでいる彼の名前はケイン・ブラウン。新二年生で、この学園の保健委員会の副会長だ。

「しかも、また陽灼け止めを塗っていませんね？」

彼は言いながら踵を返し、部屋に駆け込んでいく。薬棚の下の引き出しを開いて陽灼け止めローションの瓶《びん》を取り出して戻り、オレの肩から背中にかけて、アロエ入りの陽灼け止め

もうちょっと陽灼けしたい」

「冷たいし、ヌルヌルして気持ち悪いよ。それにオレ、もうちょっと陽灼けしたい」

オレはうんざりしながら言うけれど、

「ダメです！　この真珠のように白い肌を焼くなんて。保健委員としても、一ファンとしても、絶対に許せません！　これは保湿成分たっぷりだし、オーガニックだし、肌にもいいはずですから！」

言いながらローションを手のひらに取り、オレの顔から首筋にかけて慎重にのばす。抵抗しても無駄なのはよく解っているので、オレは仕方なく目を閉じておとなしくする。

「陽灼け止めを塗ったんだから、水着で日光浴してもいいだろ？」

「ダメです！　二年生の文系クラス、朝イチから乗馬の授業なんです！　しかも今日はポロの練習試合があるので、ケガ人続出なのは必至です！　日光浴はその後！」

「ケガ人なんか出ないってば。授業でやる試合は、いつもだらけてるし」

「ああ、もう」

呆《あき》れた声がして、オレは片目を開ける。ケインのやかましさのせいで気づいていなかったけれど……そこにはもう一人、別の生徒がいた。彼は、こちらに背を向けた不自然な格好で立っている。

「先生がそんなふうだから、わが保健委員は……」

「なんだ？　なんか文句でも？」

オレが言うと、彼は怒ったようにこちらを振り向き……オレの身体を見下ろしていきなりカアッと頬を染める。

「あっ、こっち向いちゃダメ！」

ケインが慌てて言い、もう一人の生徒は慌ててまた背を向ける。

彼の名前はグスタフ・ユーリノフ。保健委員会の委員長。黒髪に黒縁眼鏡の堅物だが、彼の父親は有名な外科医で世界中に大病院を持っている。オレも世話になったことがあるので、あまり抵抗できない。

「は、早く服を着てください。授業が始まったら、先生目当ての生徒がここぞとばかりに押し寄せてきますよ」

「ああ……面倒くさいなぁ」

オレは言いながら髪をかき上げ……それからふとあることに気づく。

「しかし……どうしてポロの試合ごとに、あんなに落馬するやつがでてくるんだろうな？ここは一応お坊ちゃま学校だ。乗馬くらい、小さな頃からやってるだろうに」

オレの言葉に、二人は顔を見合わせる。グスタフが、

「普通の乗馬の授業では、落馬者なんか一人も出ません。普通の馬ではケガをする場合がありますから。落馬者が続出するのは小型のポロポニーに乗る、ポロの試合の時だけです」

「ああ？　もしかして、ケガ人が続出するのは、わざとポニーから落ちてるとか？」

オレが言った時、桟橋の先にある鐘楼から、鐘の音が響いてきた。カアン、と一回鳴らされるこれは授業まであと五分、という合図。授業開始の合図には、二回鐘が鳴らされる。それだけのために鐘楼の管理人を雇っているところが、リッチすぎるこの学園らしい。

「あ、ヤバイ！　さっさと行かなきゃ！　次の授業、第三講義室だよね？」

ケインが言い、グスタフがうなずく。オレから視線をそらしながら、

「ちゃんと服を着てくださいね！　僕達まで副学園長に嫌味を言われるんですから！」

「ああ～……ハイハイ」

オレがあくびをしながら答えると、二人が振り返って叫ぶ。

「『ハイ』は一回！」

……ああ、生徒に叱られるオレって、やっぱり校医に向いてない。

二人が保健室から走り去り、オレは嫌々立ち上がる。保健室の入り口にあるコートハンガーに目をやり……そこにかけておいたはずの愛用の白衣がないことに気づく。予備の数枚はちょうどクリーニングに出しているところだから、あれがないと困るんだけど……いったいどこに……。

「あ、そういえば……」

昨日の放課後。保健室を閉めようとして準備をしていた時に、お馴染みの生徒が三人やっ

て来た。彼らは「先生は真紅のシルクが似合うはず」だの「学園祭で劇をやるなら、その時はぜひドレスを着てほしい」だのさんざん騒いだ挙句、そこにかかっていた白衣を持っていってしまった。「ボタンが取れかけているから付け直します。明日の始業前には持ってきますから」と言ってたので止めなかったんだが……。

「あいつら、忘れてるな？　まったく」

オレはため息をつきながら、床に脱ぎ散らかしてあったワイシャツを拾い上げる。それに手を通そうとした時、いきなり勢いよく保健室のドアが開いた。

「きゃ～、すみません、先生～！」

「凝りすぎて、遅くなっちゃいました～！」

「シーッ、それは秘密でしょうっ？」

かしましい声がして、派手な三人組が飛び込んでくる。

染めたようなド金髪に、やけに明るいグリーンの瞳（カラコンかもしれない）の生徒は、ジャン・ヴェルサーチェ。彼の父親はパリコレの常連である有名ファッションデザイナー。この学園の制服はかなりデコラティヴで、他校の生徒から憧れられているんだけど……デザインを手がけたのは、このヴェルサーチェの父親だ。

そして、ヘアマニキュアをしてるかのように青光りする黒髪に、やけに鮮やかな青い瞳（これもカラコンかもしれない）の生徒は、ジミー・チェン。舞台衣装でオスカーを取った有名衣装デザイナーの息子。

その隣にいる、燃えるように派手な赤毛に魔物みたいな銀色の瞳（こいつは完全にカラコン）の生徒は、エドワード・スミス。父親は、パリにブティックを持つ有名なクチュリエ。王族やハリウッドスター達が常連客らしい。

「はい、白衣です！　きちんと直しておきましたから！」

ヴェルサーチェが言い、畳んだ白衣をオレの手に押し付ける。

「あ、サンキュー……って、なんだこれっ！」

白衣を広げたオレは、急に派手になってしまった白衣を見て思わず声を上げる。

白衣の襟《えり》の部分、そして袖のところに、金糸でやけに精緻な刺繍《ししゅう》が施されていた。それだけで、地味な白衣がやけにデコラティヴに……。

「こらーっ！　なんてことしてくれたんだっ！」

「素敵になったでしょう？　三人の合作なんです！」

「キタオオジ先生には、それくらい華やかなほうが、絶対に似合いますってば！」

「そうそう、けっこう苦労したから大切に着てくださいね！」

三人が逃げながら言う。ヴェルサーチェが振り返って、

「あ、クリーニング係のおばさまから、先生の白衣を受け取っておきました。そっちも格好よくしておきますねー！」

叫んでさっさと逃げて行く。

「ちょっと待て、オレの威厳は……！」

閉まったドアに向かって叫んだ時、ドアをノックする音が聞こえた。

「キタオオジ先生、ポロの試合でケガ人が出たんですけど……いいですか？」

「うわあ、ちょっと待て！」

オレは叫んで、慌てて水着一枚の上に白衣を着る。とても服を着ている暇はなさそうだけど、どうせ男同士だし、裸でさえなければ別に問題ないだろう。

……ああ、朝から前途多難だ……。

◆

「動かせるし、痛くないんだろ？　なら、骨には異常なし。目立った外傷もまったくなし」

オレは最後の生徒に言いながら、ため息をつく。

「まったくおまえら、保健室をナメてるのか？　それともサボり目的か？」

オレは、保健室に集まった生徒達を見渡しながら言う。落馬した、ケガをした、と言ってきたのは五人。だけどなぜか二人ずつ付き添いがついて、合計で十五人。全員がうっとりした目でオレを見つめている。

「今日は暑いので、熱射病かも……ああ、なんだかクラクラするみたいな……」

オレの前に座っていた生徒が、額を押さえながら言う。その顔はやけに赤く、鼻の頭に汗までかいているけれど……やつらは先を争うようにして全力疾走しながら保健室に来たし、空調のきいた更衣室から出てたったの五分で熱射病になるとは考えにくい。

「おまえら、本当にいい加減にしろ。やっぱり、全員、わざと落馬してるな？　しかもケガをしないように、試合前に」

オレが睨《にら》んでやると、ずらりと並んだ生徒達がぎくりとした顔になる。オレは呆れながら、生徒達の頭を指差す。

「多分……競技場の手前にある干し藁《わら》置き場のところ、あそこでだ。よく見たら、全員の髪の毛に、藁がついてる」

オレが言うと、生徒達は慌てて髪の毛を払っている。

年に一度、ポロの国際大会がこの学園でひらかれる。もちろんこの学園のポロクラブもそれに参加するから、レギュラーメンバーの練習はかなり本格的なんだけど……普段の授業での試合は、ほとんど遊びみたいなもの。だから教師も厳しくはしないんだけど……。

「……本気の試合じゃないにしても、たるみすぎだろ」

ため息をつくオレに、生徒の一人がおそるおそる言う。

「あの、先生……」

真面目そうな銀縁眼鏡の彼は、たしかこのクラスの委員長だ。

「ああ？　なんだ？」

「クラスを代表して、一つ、大切な質問があるのですが……」

そいつの頬が真っ赤に染まり、目がオレの胸元に釘づけになっているのを見て……オレは不思議に思う。彼の視線を追って自分の胸元を見下ろして、あることに気づく。慌てていたせいか、一番上のボタンが外れてる。胸元が大きく開いて、もともとゆるめの襟元から乳首ギリギリまでが露出している。オレはボタンをはめながら思う。

……こいつらが、さっきからやけに興奮している意味がやっと解った。

「ああ……保健の授業に関する質問なら、休み時間にしろ。さっさと授業に……」

「いえ、授業に関する質問ではなくて……ポロの試合場から、テラスにいらっしゃる先生の姿が見えていたんですが……」

生徒は言いながら、落ち着かない視線をオレの身体の上に往復させる。それから慌てて目をそらして手で顔を覆う。

「ダ、ダメだ！　僕にはとても言えない……！」

「バッカ！　しっかりしろ！　なんのためのクラス委員だよ！」

「使えねえなあ！　それなら俺が！」

一人の生徒が進み出て、思いつめたような顔で叫ぶ。

「ポロ競技場から、テラスにいる先生が見えました！　手すりがあるので、上半身しか見えませんでしたが、先生は、その……裸で……っ」

生徒は真っ赤になって言葉を詰まらせ、ほかの生徒に励まされている。そして覚悟を決めたかのように、

「今も、白衣の下は一糸まとわぬ裸なんですかっ？　先生は今、裸エプロンならぬ、裸白衣の状態なんですか？」

期待に満ちた顔で、生徒全員が身を乗り出してくる。オレは、

「なんだ？　それが聞きたくて、落馬のフリまでしてここに来たのか？」

背もたれに体重を預け、脚を組みながら言ってやる。白衣の裾《すそ》が開いて腿のかなり上のほうまで肌が露出し、生徒達がごくりと唾を飲む。

「もちろん、白衣の下は全裸だ。……見たい？」

低い声で囁きながら脚を組み替え、全員にとっておきの流し目を送ってやる。

「うぐっ！」

「ぐうっ！」

生徒達が呻《うめ》いて、次々に手で顔を覆う。

「バーカ！　こんなことくらいで鼻血出してるんじゃねえ、ガキ！」

オレは言い立ち上がり、丸めたクリアファイルで全員の頭をはたいて回る。

「ちゃんと白衣の下に水着を着てる！　これは、おまえらが日光浴の邪魔をした罰！」

全員をはたいてから、やはり鼻血を垂らしているクラス委員に、ティッシュの箱を投げてやる。

「鼻血が止まったら、顔を洗ってさっさと授業に戻れ。どこかでサボってるのが見えたら、おまえらが鼻血を出したこと、学校中に言いふらしてやるぞ」

「ず、ずみまぜんっ！　ぞれだけばっ！」

ティッシュで鼻を押さえたクラス委員が鼻声で言う。そして全員をせかして保健室を出て行く。

「今度やらしい想像したら、金取るからな――っ！」

オレは彼らの背中に向かって叫び、保健室のドアを閉める。

……まったく、ここの生徒は成績はいいくせに、バカばっかりだ！

オレは思い……それから、今日のランチの約束を思い出す。

約束の相手は、オレの永遠の恋人。これから、この学園で一緒に過ごすことになる。それはめちゃくちゃ嬉《うれ》しいんだけど……。

オレはさっきまでの体たらくを思い出して、深いため息をつく。

……ああ……涎《よだれ》をたらした狼みたいな生徒がたくさんいるこの学園に、あんな純粋な子がくるなんて。オレはもう、心配でたまらないぞ！

◆

「せ、先生、ここ、よろしいですか？」

「待て、私の方が先だぞ！」

「ちょっとどいてください。この席は私が……」

「すみません、割り込みは……」

中庭に面した教師専用のカフェ。周囲で大人気なく騒いでいるヤツらに、オレは読んでいる医学書から顔を上げないままで叫ぶ。

「この席は空いておりませんっ！」

オレがいるのは、芝生の上に置かれた二人がけのテラステーブル。いつもはオレの向かい側には争いに勝った教師が無理やり座ってくるが……今日だけはそうはいかない。

「ええっ、まさか誰かと先約が……？」

「誰ですか、抜けがけをしたのは……！」

オレは内心ため息をつき、テーブルを囲んだヤツらを見渡す。彼らはこの学園の若手教師達で、ひそかにオレの親衛隊を名乗っているメンバーだ。

「弟が、この学園の入学試験に合格したといいましたよね？　入学式まではあと三日ありますが、入寮準備のために、午前中の船で島に来るという連絡があって。だから一緒にランチを食べようと約束したんですよ」

にっこり笑って言ってやると、教師達はカアッと頬を染める。教師の一人が、

「せ、先生の弟さんというと……相当な美少年なのでは……？」

何かを期待するような声で言う。オレは、昨夜電話で話した時の弟を思い出す。インターネットカメラを設置してあるから、可愛い顔もばっちり見られた。「早く兄さんに会いたいな」と微笑んだ弟の顔を思い出して、うっとりする。

「ええ、それはもう。弟の遥《はるか》は、可愛いだけでなく、天使のように清らかで……」

「……もう、兄さんったら……」

恥ずかしそうな声に気づいたオレは、慌てて立ち上がる。図体のでかい若手教師達をかき分け、その向こうに立っていた小柄な人影を見つけて、天にも上るような気持ちになる。

さらりと自然にカットされた栗色の髪、滑らかなミルク色の頬。おだやかなラインを描く眉毛、可愛い鼻。反り返る長い睫毛、まるで仔鹿のそれみたいに潤んだ大きな目。瞳はオレとよく似た紅茶色だ。ふっくらとした淡い桜色の唇が、なんともいえず可愛らしい。

「遥！」

オレは叫び、そのほっそりとした身体を思い切り抱き寄せる。身長が百七十センチちょっとあるオレに比べて遥はまだ百六十センチそこそこ。抱き締めると、柔らかな髪が頬をくすぐ

ぐる。

「会いたかったよ、遥！」

そのまま髪に頬を埋《うず》めると、ずっと忘れられなかった遥の甘い香りがする。まるで桜の花びらのようなその芳香に、胸がきゅんと痛む。

「やっぱりおまえは本当に可愛いよ、遥！　それに相変わらずいい香りがするよ！」

「……兄さんったら……」

遥は恥ずかしそうに言い、クスリと笑う。そして、オレの肩にそっと頬を寄せる。

「……僕も会いたかった、兄さん……」

「……遥……」

周囲の教師達が、うっとりとしたため息を漏らす。

「……なんて麗しい兄弟愛だろう……」

「……弟さんも、またやけに色っぽいですね……」

「……二人が抱き合っているのを見たら、なんだかドキドキしてきました……」

教師達が囁き合っているのが聞こえて、オレは遥の肩から顔を上げる。周囲を見渡して、

「弟におかしな妄想をしたらコロしますよ」

低い声で威嚇してやる。遥はオレの肩から顔を上げ、困ったように苦笑する。

「……もう、兄さんったら相変わらずなんだから。ダメでしょ？」

恥ずかしそうに言われ、オレはもう周囲のことなんかどうでもよくなる。

「ああ、ごめんな、遥！　それよりお腹《なか》がすいただろう？　座って、座って！」

オレは慌てて椅子を引く。遥は空いている椅子が一つしかないのを見て少し迷ったように言う。

「ええと、船の中で友達になった子がいるんだ。もし迷惑でなければ、その子も同席してもらってもいいかな？　島に来たばかりで、一人で食事をするのは不安だろうから……」

本当は遥と二人で積もる話をしたかったけれど……遥の友人になったという子にも興味がある。遥と気が合ったのならきっといい子だろうし、兄貴らしく鷹揚なところも見せておかなくちゃいけない。

「もちろんいいぞ」

「本当に？　よかった。この学園では日本人は珍しいみたいだし、すごくいい子なんだ。森《もり》が丘《おか》くんっていうんだよ」

「さっそく友達ができたみたいで、兄さんは嬉しいよ。ええと、空いている椅子は……」

オレがチラリと視線をやると、教師達が慌てて散り、そのうちの何人かが椅子を持って戻ってくる。そしてテラステーブルにもう一つの椅子が設置される。

……たまには役に立つじゃないか。

「どうもありがとう」

オレはにっこり笑って座ってから、周囲を見渡す。遥と気が合ったのなら、きっと似たようなイメージの無垢《むく》で可愛い子だろう。そう思いながら探すけれど……カフェにいるのはいかつい男ばかりで……。

「森が丘くんは……？」

「ええと……カウンターにコーヒーを取りに行ってくれていて……あ、いた！　ここだよ、森が丘くん！」

オレの隣に座った遥が、嬉しそうに手を振る。その声に振り向き、コーヒーを持ってこっちに近づいて来るのは……。

「……え……？」

オレは呆然と彼を見ながら言う。

「まさか、あれが、森が丘くん？」

「うん、そうだよ！」

近づいてくるのは、教師陣よりもさらに長身の男。百九十センチはありそうだ。シンプルな白のポロシャツとベージュのチノパンが、アスリートみたいにがっしりとして筋肉質の身体を包んでいる。よく見るとかなり整った顔立ちだけど、目つきが威嚇するみたいに鋭くて、とんでもなく近寄り難い。周囲の教師達が、怯《おび》えた顔で彼を見送っている。彼は遥に椅子を勧められて、そこに腰を下ろす。二人が並んだところは……まさに美女と野獣だ。

「紹介するね。兄さん、彼が森が丘くん。……森が丘くん、これが船の中で話していた圭兄さん。この学校の校医なんだよ」

森が丘と呼ばれた男はオレを真っ直ぐに見つめ、それから小さく頭を下げる。

「……森が丘豪《たけし》と申します。よろしくお願いいたします」

怒りを押し殺しているかのような、地の底から響くような低い声で言う。

……うわあ、なんだこいつ？　怖いんですけど！

オレは思いながらも、必死で笑みを顔に押し上げる。

……いや、ここで嫌な顔をしたら、遥に嫌われる！　それにこの図体なら、遥のボディーガードにはなってくれそうだし……！

「よ、よろしくね。森が丘くん」

にっこり笑ってみせるけれど、森が丘は厳しい顔のままチラリと頭を下げただけだった。

……ああ、やっぱり怖いよ、こいつ……！

「兄さん。森が丘くんは、日本の実家でドーベルマンを三頭も飼っているんだ。すっごく可愛いんだよ。ねえ、森が丘君。兄さんにも写真を見せてあげて」

遥が、テーブルに置かれた森が丘のごつい手に、その白くて小さな両手を重ねる。森が丘のいかつい顔に微かに血の気が上ったのを見て、オレは思わず眉をひそめる。

……なんだか、ものすごーく嫌な予感がするぞ。

「……なんか、めちゃくちゃ疲れた……」

◆

オレはため息をつきながら職員寮の廊下を歩き、ドアの脇に備え付けられた指紋認証装置に指を当てる。この職員寮には最新式の警備装置が備え付けられている。オレが校医として赴任してくる前はもっとゆるかったみたいなんだけど……オレの部屋に忍び込もうとする生徒が後を絶たず、やたらと警備が厳しくなった。

ピッという音がして、認証装置のランプが青に変わる。オレはドアを開けて暗いままの部屋に踏み込み……。

「……え……？」

ある香りが鼻をかすめた気がして、思わず立ち止まる。若々しい爽やかなレモン、その奥に滲《にじ》むセクシーなムスク。オレの胸が、ズキリと痛む。

……まさか……。

それはオレがずっと忘れられなかった、アレッシオのコロンの芳香。そんな香りがするわけがないのに……。

「バカだ、オレ」

オレは自嘲し、それからなんだか泣きそうになりながら廊下を進み、正面にあるリビングへのドアを開く。

……あんな夢は見るし、あいつのコロンの香りがしたなんて思っちゃうし……。

思いながらリビングに踏み込み……そこでハッとして立ち止まる。出かける前に閉めたはずのフランス窓が大きく開かれ、そこから涼しい海風が吹き込んでいた。その風は、彼のコロンと同じ芳香を含んでいて……。

……嘘……だろ……？

満月の明かりに照らされたテラス。そこに、一人の男が立っていた。すらりとした長身、がっしりとした肩と引き締まった腰、見とれるような長い脚。そのモデル並みのスタイルには、もちろん見覚えがある。だけど、彼が、ここにいるわけがなくて……。

「……誰……？」

オレは、信じられない気持ちで言う。声がかすれてしまっているのが情けない。

「ドアの指紋認証、変えないでおいてくれたんですね」

低い美声が、闇の中に響く。オレの鼓動が、どんどん速くなる。

認証装置に指紋を登録し、この部屋に入る権利を与えてやったのは、過去に一人だけ。だけど、彼が戻るわけが……。

「俺は、少しは期待してもいいのでしょうか？」

響く声は、やっぱり彼のもの。だけど……まだ、信じられなくて……。

「……アレッシオ……」

彼がオレに手を差し伸べる。オレは引き寄せられるようにして歩き、彼のすぐ前に立つ。

「先生、ここへ」

「……おまえ、どうやってこの島に入ったんだ……？」

学園祭の時だけは別だけど、この学園の警備はすごく厳しくて、卒業生とはいえ簡単に入島することはできないんだ。

「この学園で、しばらく働きます。臨時採用の教師として」

彼はオレを見下ろして、その端麗な顔に笑みを浮かべる。

「大人になって戻ってきました。先生を、俺のものにします」

低い美声で囁かれ、眩暈がする。

笑いを含んだ男らしい口調。あの時よりもさらに麗しくなったその容貌。大人になった彼は、そばにいるだけで発情しそうな、とんでもなくセクシーな男で……。

……ああ、これも、夢なんだろうか……？

オレは彼を見上げながら、陶然と思う。

……オレは、こんなにも、彼が戻るのを望んでいたんだろうか……？

彼の大きな手が、オレの顎をそっと包み込む。

「愛しています、先生」

端麗な顔がゆっくりと近づいて、オレの唇にとんでもなく甘いキスをする。

……ああ、キスだけで、おかしくなりそう……。

オレはめちゃくちゃにモテるけれど、実はかなりの奥手。この男に奪われたのが実はファーストキスだった。そして……。

「……んん……っ」

彼の手がオレの腰を強く引き寄せる。身体が密着した状態のまま、深いキスを奪われる。

「……んく……っ」

力の抜けた上下の歯列から、熱い舌が滑り込んでくる。上顎をくすぐられ、背中にゾクゾクするような快感が走る。

「……んんー……」

彼の舌が逃げるオレの舌を容赦なく追う。無理やりに捕まえられ、二人の舌が絡み合う。濡れた感触と、クチュクチュと響く音がやたらとエッチだ。

……こいつの舌、すごい熱い。それに、この香り……たまらない……。

オレの胸郭を、芳しい彼のコロンの香りが満たしている。それはオレの血液に乗って全身を駆け巡り、まるで媚薬みたいにオレの身体を痺《しび》れさせて……。

……ああ、どうしてこんなに気持ちいいんだ……?

「……んー……っ」

密着した二人の身体の間で、オレの屹立《きつりつ》がジワリと熱を持つ。快感に不慣れなオレの身体は、いったん反応したらもう止めることができなかった。

「……ふ、あぁ……っ」

何度も角度を変えて重なってくる唇。唇が離れた一瞬に、俺は彼の胸に両手をつく。

「……も、やめ……んく……っ！」

そのまま突き放そうとしたのに、さらに強く抱き締められて逃げることができなくなる。責めるように舌を舐められ、吸い上げられて、飲みきれなかった唾液が溢れて唇の端を伝う。そのとても淫らな感触に、身体が激しく反応する。

「……くふ……んん……っ」

……ああ、オレ、今……アレッシオとキスしてるんだ……。

思った瞬間、オレの屹立が、ビクン、と大きく跳ね上がった。アレッシオがオレの舌を貪《むさぼ》りながら、腿でオレの屹立を容赦なく擦り上げてくる。

「……んく……くうぅ……っ！」

硬くなったオレの屹立は、その無骨な刺激にも激しく反応し、さらに反り返ってしまう。

「……んく……く……っ」

必死で逃げようとするオレの後頭部に、彼の大きな手が回る。髪を摑《つか》むようにして頭を支えられ、繰り返されるキス。オレの腰を支えていた彼の手がゆっくりと動き、二人の身体の間に滑り込む。

「……ンンーッ！」

手のひらで屹立を握り込まれ、オレは思わず声を上げる。

……ああ、オレ、誰かにこんなふうに触れられるのなんか、初めてなのに……！

そのままギュッと扱《しご》き上げられ、先端から熱い先走りが溢れる。下着が濡れる感触が恥ずかしくて、もう泣きそうだ。指先で屹立の先端を撫《な》でられて、腰がヒクリと跳ね上がる。

「……可愛いです、先生」

彼が唇を触れさせたままで囁いてくる。

「……こんな軽い刺激で、こんなに腰を振っちゃうなんて」

「ちが、おまえが、やらしいことするから……う、くぅ……っ」

反論も許されないまま、口腔をまた舌で犯される。側面を強く扱き上げられて、オレの目の前が、いきなり白くなり……。

「……く……ぅう……っ！」

オレの反り返る屹立から、ビュクッ！　と激しく蜜が迸《ほとばし》った。屹立がビクビクと震え、薄い布地の下着がたっぷりと濡れる。

……嘘だろ、オレ……。

オレは呆然とし……それから本気で泣きそうになる。

……指で、イカされた……！

「先生、俺の手で、イッてくれたんですね？」

見つめられ、やけに嬉しそうに言われて、オレは怒ることができなくなる。

「う、うるさい……悪いかよ……っ！」

本当なら怒鳴りたいのに、唇から漏れたのはやけに甘くてかすれた声。

「……ずっとしてなくて、溜《た》まってただけだ。断じて、おまえの指が気持ちよかったからじゃないぞ……いいからさっさと出てけ……っ！」

オレが言うと、彼はクスリと笑う。

「俺が部屋を出て行った後、どうする気ですか？」

彼の手がいきなり屹立を布地ごと握り込む。放った蜜と先端が擦れて、オレはまたイキそうになってしまう。

「……ひ、う……っ！」

「まだこんなに硬い。満足していないみたいですが？」

そっと手を動かされて、オレは今度こそ相手の胸を押しのける。

「ほっといてくれ！　仕方ないから自分で出して寝るよ！　おまえもさっさと部屋に戻って寝ろ！」

下着の中がヌルヌルで、しかもたっぷりと放った蜜が、ゆっくりと内腿を伝っている。オレは一刻も早く服を脱いでシャワーを浴びたくて……。

「それなら……」

アレッシオの腕が、いきなりオレを抱き上げる。王子様がお姫様にするみたいな、恥ずかしい横抱きだ。

「な、なにするんだよ！　下ろせ！」

オレは必死で暴れようとするけれど……深い紺碧の瞳で見下ろされて、動くことすらできなくなる。

……ああ、チクショー、昔から、こいつの目には弱いんだ……！

「……俺が責任を取って、最後までお手伝いします」

彼は囁いて、オレの唇にチュッと音を立ててもう一度キスをする。そしてオレを抱いたまま専用リビングを突っ切り、ベッドルームに続くドアを肘で押し開く。

「……お手伝いって……まさか、また手でイカせる気なのかよ？」

オレが聞くと、彼はクスリと笑って、

「安心してください。そんなことはしませんよ」

彼は言いながら、オレを抱いたままでベッドルームに踏み込む。教師用の寮はやたらと豪華だから、ベッドルームも二十畳くらいの広さがある。

備え付けられた家具は、アンティークのヘッドボードを持つキングサイズのベッドと、フランス窓のそばに置かれたやっぱりアンティークのライティングデスク。本格的な調べモノなんかは保健室でやるから、ここにはＰＣは置いてない。服だのにはこだわらないから荷物は少ない方だけど……片づけが苦手だからだだっ広い純白の大理石の上には医学書だのファイルだのが山積みになっている。ホテル並みの設備を持つここは毎日クリーニングが入るからホコリとかは溜まってないんだけど……この本だけはどうしても片づかない。クリーニングのスタッフも気を使って、本の山にはさわらないようにしてくれてるみたいだし。

「相変わらずですね」

アレッシオがクスリと笑いながら言う。

「いえ、俺がいた頃よりも本の山が増えてます」

「うるさいなあ、勉強熱心なんだよ！」

オレをベッドに座らせ、アレッシオがベッドルームの中を見渡す。灯《あか》りは消したままだけど、フランス窓から差し込む月光が明るいせいで、ごちゃごちゃなのが丸解りだ。

「懐かしいです。このベッドルームを、何度、夢に見たことか」

彼がやけに感慨深げに言い、オレはため息をつく。

「なんだ、それ？　だらしない校医がいたなあ、と懐かしんでたとか？」

在学中のアレッシオは、卒業するまでずっと保健委員を務めていた。さらに生徒の中で一番の権力を持つ学生会長と、寮のまとめ役であるキングまでもを兼任していただけでも大変だっただろうに。そしてさらに……。

「おまえ、なんだかんだでいつもオレの部屋の掃除をしてくれてたもんなあ」

言うと、アレッシオはオレを振り向いて小さく笑う。

「そのために、あなたの部屋の入り口にある指紋認証装置に、指紋を登録してもらうことができました。ほかの生徒達から、どんなにうらやましがられたことか」

彼は言いながら、オレを間近に見下ろす。

「俺も、とても光栄に思っていました。自分だけがあなたに特別扱いされている……そう感じるだけで、天にも上る心地でした」

「おまえ、昔から本当に大げさだな。ただの掃除係なのに」

オレは言い、それからコホンと咳払《せきばら》いをする。

「ええと、昔話もいいんだけど……そろそろ自分の部屋に帰ってくれないか？　濡れた下着を着てるの、実はめちゃくちゃ気持ち悪いんだよ。なんか腿の方まで伝ってるし。忙しかったせいでちょっと溜めすぎた。反省、反省」

「失礼しました。ここに戻ってこられたのが嬉しくて、つい」

その言葉に、やっと下着を脱いでシャワーを浴びられる、とホッとするけれど……。

「……えっ？」

オレの足元に、アレッシオがいきなりひざまずく。

「な、何?」

アレッシオがオレの右足を持ち上げて、自分の膝の上に載せる。彼の指が、オレの革靴の紐《ひも》をそっと解く。まるで宝物でも扱うかのように丁寧に靴が脱がされ、靴下が取り去られる。

オレはあまりのことに呆然としながら、

「あ、いや……たしかにおまえ、昔からオレの靴を脱がせるのが好きだったけど……」

さまざまな仕事をこなしていたアレッシオは、夜にここを訪れることも多かった。部屋を片づけ、「疲れた〜」とベッドに転がるオレの靴をこうやって丁寧に脱がせてくれた。

「あの頃のオレはたしかに高飛車だった。医者としてはこれからって時に、祖父の命令でこの校医にさせられて、拗《す》ねてもいたし」

アレッシオの手が、もう片方の足を持ち上げる。革靴を脱がされ、やけにゆっくりと靴下を下げられて、なぜか鼓動が速くなる。

「だ、だけどオレも、あの頃よりはちょっとは大人になった。だから、昔みたいに『靴を脱がせろ』なんて命令はしないし……」

靴下を取り去られたむき出しの足を、アレッシオの手がそっと支える。まるで美術品でも鑑賞するかのようにじっくりと眺め、それから言う。

「本当に、彫刻のように綺麗な骨格です。白い肌が、やけに色っぽいんですよね」

アレッシオがいきなり身をかがめ、オレの足の甲にそっとキスをする。

「……あっ！」

腱に沿って舌を滑らされ、キュッと歯を立てられて、背中にゾクリと戦慄が走る。

「……ん……っ」

思わず甘い声を上げてしまい、オレは一人で真っ赤になる。さっきあんなに放ったばかりなのに、屹立がまだ全然萎《な》えずにヒクヒクと跳ね上がる。反り返る屹立が欲望の蜜に塗《まみ》れている感触が、すごく淫らだ。

「スラックスの下で、震えていますよ。まだまだ足りないみたいですね」

アレッシオが言い、オレはさらに真っ赤になる。

「わかってるならさっさと出て行け！　我慢できなくなりそうなんだから！」

「自分の手でなど、させませんよ」

ひざまずいたままのアレッシオが、オレの足をやっと解放する。ホッとしたのも束の間、彼の手が伸びて、いきなりスラックスのベルトが外される。

「ちょ、何するんだよっ！」

「俺が、涸れるまでイカせてあげます。覚悟してください」

月明かりの下で、アレッシオが微笑む。その顔は見とれるほど端麗だけど……その口調はなんだかものすごくセクシーで……。

「ちょ、どういうことだよ？　手でイカせたりしないって、さっき約束しただろ？　だからベッドルームに入れてやったのに……！」

「はい、手ではイカせません」

彼は言いながらオレのスラックスの前立てのボタンを外し、ファスナーを引き下ろす。

「ちょ、待て何する気だ……うわっ！」

濡れた下着の合わせから、オレの屹立が強引に引き出された。空気のひんやりとした感触に、自分がどんなに濡れているかが解る。

「口でイカせてあげますよ」

アレッシオは平然とした口調で言い、いきなりオレの屹立の側面に顔を近づけ、そしてそっとキスをする。

「……く……っ！」

熱く反り返る屹立に、柔らかくてひやりとした唇が触れてくる感触は、ものすごく強烈で……オレの屹立がビクビクと情けなく震えてしまう。

「そんな……ぁあっ！」

側面を手で支えられ、先端の硬い部分に舌を這わされる。背中が勝手に反り返り、オレはスラックスの前立てから屹立を引き出された情けない姿のまま、大きく喘《あえ》いでしまう。

彼の大きな両手が、オレの両腿をしっかりと掴む。逃げられないようにされてから、屹立をたっぷりと口に含まれる。

「……や、ダメ……んっ！」

チュプ、チュプ、と淫らな音を立てながら、彼の舌がオレの屹立の先端を舐める。さらに反り返ったのを確かめてから、チュッと音を立てて張り詰めた先端を吸い上げる。

「……ひ、う……っ！」

蕩《とろ》けてしまいそうな快感に、オレは息を呑《の》む。必死でこらえていないと、彼の口の中にいきなり放ってしまいそうだ。

「……ダメ……口、離せ……っ！」

「いやです。ずっとずっと、この夜を夢見てきたのですから」

アレッシオが囁きながら、オレの屹立の側面を伝う蜜を舐め上げる。思わず見下ろすと、彼はとんでもなくセクシーな目をして、オレを見上げていた。

「涸れるまで、絞りつくします。でないと気が収まりません」

「……そんな……あ、あぁ——……っ！」

クチュクチュと音を立てて、舌が張り詰めた先端を愛撫する。同時にヌルヌルになった側面を扱き上げられて、痛いほどの熱が屹立の中を駆け上がり……。

「……ん、くうぅ……んんっ！」

ドクドクッ！　とオレの先端から欲望の蜜が迸った。思わず引こうとした腰をしっかりと抱き締め、アレッシオはそれを迷いもなく口で受け止める。彼の喉がコクンと上下するのを見て、恥ずかしさに気絶しそうだ。

「……バ、バカ……そんなの、飲むなんて……ンン――ッ！」

アレッシオが屹立の先端をチュウッと強く吸い上げ、残っていた蜜が絞り出される。あまりにも淫らな快感に、オレは我を忘れて身体を反り返らせてしまう。

「……あ……あ……っ」

息も絶え絶えになって脱力するオレの脚から、スラックスと下着が取り去られる。

「……あ……」

見下ろしてくるのは、まるで肉食の獣のように欲望を宿した瞳。オレの心臓がトクンと跳ね上がる。

「もしかして……このままやりたいのか？」

囁いた声が、思わず震えてしまう。

男同士のセックスでどこをどう使うかは、知識としては知っている。でもまさか自分がそういうことをするなんて、うかつにも、オレは一度も考えたこともなくて……。

アレッシオはオレを見つめたまま、ふいに苦しげに眉を寄せる。

「したいに決まっています」

低く呟き、それから深いため息をつく。

「でも……そんな怯えた顔をされて、できるわけがないでしょう?」

彼はオレをふいに抱き締め、耳元で言う。

「俺はあなたの身体だけでなく、心も欲しいんです」

彼の唇が、オレの首筋に触れてくる。ゆっくりと舐め上げられて、さっきまでの快感がまた身体の奥に蘇《よみがえ》る。

「……んっ!」

思わず甘い声を上げてしまったオレの首筋に、アレッシオが本気で歯を立ててくる。

「……いた、バカ、やめ……っ!」

だけど、同時に放ったばかりの屹立をヌルリと擦り上げられたら……痛みまでたまらない快感に変わる。

「……アア、ンッ……!」

オレの腰が、またヒクリと勝手に跳ね上がる。

「あんな怯えた顔をしておいて、気持ちがいいとそんな甘い声を出す。本当に勝手で、本当に憎らしい人だ」

彼の手がオレの側面を滑り降りる。両脚の間に手が入り、オレの双珠を手のひらで包み込んでくる。

「……う……っ!」

男の一番の急所に触れられて、オレは動きを止める。きつく握られたら気絶するほど痛いだろうけど……そのままやわやわと揉《も》まれたら、不思議な感覚が湧き上がってきて……。

「重いし、硬いです。まだまだいけそうですね」

重さを計るようにそっと持ち上げられて、オレは息を呑む。そんな場所が気持ちいいなんて想像もしていなかったのに……オレの身体は不思議な甘さに痺れていて……。

「涸れるまで絞りつくしてあげます。そうすれば、少しは気がすみますから」

アレッシオが言い、身体を一気に下にずらす。しっかりと勃起したままの欲望が、ちゅぷりと濡れた音を立てて咥《くわ》え込まれる。

「……アア――……ッ！」

放ったばかりの屹立は驚くほど敏感で、オレは目が眩みそうな快感に身体を痺れさせる。オレはそのまま、濃厚なフェラチオで絞りつくされてしまった。でも、なぜか抵抗できなかった……っていうか、むしろ我を忘れてめちゃくちゃに喘いでしまったんだ。

◆

ぐったりとしたオレをバスルームに運び、アレッシオはベタベタになったオレの身体を丁寧にシャワーで洗い流してくれた。ふわふわのタオルで身体を拭《ふ》かれ、パジャマをきちんと着せられて、オレはまたお姫様抱っこでベッドに運ばれた。

「おやすみなさい、先生。いい夢を」

囁きながら額にそっとキスをされて、柄にもなくドキリとする。

「本当は、一緒に眠りたいですが。もしかして……泊めていただけますか？」

額に唇を触れさせたまま、そっと囁かれる。オレは一瞬陶然として……それから慌てて、

「バカ、ダメに決まってる」

「そうですね」

彼は苦笑してからもう一度、今度はオレの額にキスをする。

「わかりました。……おやすみなさい。いつか、先生から『朝まで一緒にいたい』と言ってもらいたいな」

「……バ、バカ言うな……！」

慌てて怒鳴ろうとするけれど、声が情けなくかすれる。彼は微笑んで身を起こし、そのまあっさりと部屋を出て行く。専用リビングを抜ける軽い足音、そして遠くで部屋のドアが閉まる音がする。

……夢……だろうか……？

暗がりに取り残されたオレは、呆然としたまま思う。

……ああ、威厳も何もなくなってしまった……！

アレッシオ・リッツォ

彼の切羽詰まった喘ぎ、そして放つ瞬間の甘い声が、耳にしっかりと残っている。

……やっと、帰ってきたんだ……。

俺は、目の前に広がる漆黒のエーゲ海を眺めながら、深いため息をつく。

今夜、一番最後の高速船で、俺はイザーク島に到着した。副学園長に簡単な挨拶を済ませ、部屋に荷物を置いてすぐに主の居室に向かった。

ノックをしても返答はなく、俺は出直そうと思った。指紋認証装置に指をかざしてみたのは、ほんの気まぐれだった。彼が俺の指紋認証をそのままにしてくれていたとは、まったく思っていなかったからだ。なのに……。

彼の部屋のドアは、俺のためにあっさりとロックを解除した。俺はまるで操られるようにドアを開き、そして彼の部屋に侵入した。部屋の中に漂っていたのは、あの頃とまったく変わらない、芳しい彼の香り。絞りたての爽やかなレモンと、上等で芳醇なハチミツを混ぜたような、心が痛くなるような甘い香りだった。

部屋に入った俺は、とても久しぶりのその様子に見とれた。ずっと思い描いていたものと寸分たがわぬその部屋に、胸が痛んだ。彼への想いに胸を焦がした三年間が、鮮やかに胸に蘇り、自分があの頃と変わらず……いや、さらに激しく彼を愛していることを自覚した。

……でも、まさかあんなことまでしてしまうなんて……。

キスだけで、彼は欲望を硬くした。ほんの少し手で触れただけで切ない声を上げ、ビクビクと身体を震えさせた。

……彼がそのまま達したことに気づいた時、どんなに嬉しかったか……。

俺はそのまま彼をベッドルームに運び、その熱い欲望を舌と唇で愛撫し、そのまま何度も何度もイカせた。彼の蜜は甘く、しなやかに反り返る身体はあまりにも扇情的だった。

本当は、あんなことまでするつもりはなかった。なのに、感じる圭があまりにも美しく、色っぽく……何もかも忘れてしまった。

この学園に入るまでは勉強三昧、この学園では圭一筋だった俺は、もちろんほかの人間を愛したことはない。もちろん、抱いたことも。だから自分が本気で発情するとどうなるか、想像もできなかった。

……まさか、自分があんな野獣のような欲望を持っていたなんて。

俺は圭を押さえつけ、何度達しても許さなかった。彼がぐったりと力を失うまで愛撫し、その欲望を絞りつくした。

……あとほんの少しのところで、本気で襲いかかるところだった。彼の服を破り、肌を味わい、その蕾《つぼみ》を無理やりにでも犯すところだった。

俺は、髪をかき上げながら、震えるため息をつく。

……いけない。彼の愛を得るために、この学園に帰ってきたはずなのに。

コンコン！　という軽いノックの音が部屋に響く。俺はドアのほうに向かい……そしてあることに気づいて、試すために言ってみる。

「どうぞ」

ピッという軽い音がして、目の前でドアのロックが解除される。苦笑している間に、ドアが開く。

「失礼いたします」

入ってきたのは、若い男だった。短く切った黒髪に、黒い瞳。廊下の明かりに照らされたのは、よく陽に灼けた頰。よく見るととても端麗な顔をしていることが解るが、身につけている黒の上下と伏目がちの表情が、その存在感を消している。

「ご到着をお待ちしておりました、アレッシオ様」

彼は深々とお辞儀をし、それから真っ直ぐに姿勢を正す。

彼の名前はジョバンニ・ナターレ。二十九歳。リッツォ家のＳＰとして代々仕えてくれているナターレ一族の嫡子。彼自身もリッツォ本家で警備の仕事をするべく見習いをしていたが、その聡明さと忠実さを祖父に気に入られ、このイザーク学園に同行した。

この学園には、二十人の校務員と呼ばれるスタッフがいる。使用人を使い慣れた教師や生徒達の代わりにいろいろな仕事を請け負ってくれるが、不必要な用事を言いつけられた時には断る権限を持っている。そのために、簡単な雑用と庭師の手伝いが主な仕事だ。

そして生徒や教師達には知られていないが、彼らの全員が、リッツォ家の使用人の中から選ばれた人間。島の港や学校の門の周囲にはかなりの数の警備員がいるが、それとは別に、もっと身近な場所で生徒達の身辺を守る役割も果たしている。

ジョバンニはその中で一番若いスタッフで、庭師の仕事をする傍ら、さまざまな情報を集めては祖父に報告する役目も任っていた。俺が在学中から、彼は祖父の忠実な耳としてこの学園内にいたが……彼を見るたびに、俺は日本における忍者という存在を思い出していた。

「いつも報告をご苦労だった、ジョバンニ。君がケイに関する報告を続けてくれていたから、安心して大学生活を過ごすことができた」

俺が言うと、ジョバンニは無表情のまま、

「それがわたくしの使命ですから。……ドクター・キタオオジには無事に会えましたか？」

「ああ、無事に会えた。ありがとう。寸分たがわぬ彼で、安心したよ」

「はい。相変わらず本当にお美しく、そして自由な方でいらっしゃいます。わたくしも、ほかの校務員達も、ＳＰ達も、たいへん心配いたしました」

いつも平然としている彼の顔に微かな疲れがよぎり、俺は申し訳ない気持ちで苦笑する。

「悪かったな。……これからは、俺がケイを守る。もちろん、俺の目の届かない場所での警護は続けてほしいが」

「もちろんです。ケイ様は、アレッシオ様の大切な方ですから」

「ありがとう。身近に理解者がいるのは本当に心強い。……ところで」

俺は気を引き締めながら、ジョバンニの顔を見つめる。

「お祖父様が言っていた、『イザーク学園は変わってしまった』という言葉が気になる。何か心当たりは？」

ジョバンニはうなずき、手に持っていたファイルを俺に差し出す。

「アレッサンドロ様のご命令で、調査を続けておりました。アレッサンドロ様が療養に入られてからの、この学園に関するレポートです」

俺はうなずいてそれを受け取り、ページをめくる。そしてあることに気づいて、

「学生会からの要望が、やけに多い。そのほとんどが、新しい校則を定めてくれというものだ。『授業中に私語を交わした者を厳罰に処す。情報提供者には報酬を与える』『消灯時間を守らない者を厳罰に処す。情報提供者には報酬を与える』『生徒間の恋愛を禁ずる。発見した場合は即刻退学、情報提供者には報酬を与える』……なんだこれは？」

……たしかにこの学園は生徒の自治が尊重され、学生会には大きな権力が与えられている。

俺がいた頃も何度か校則に関する交渉を行ったし、それが認められた例もあったが……。

「普通、学生会は厳しすぎる校則を緩和するための交渉をする。生徒自ら校則を厳しくしようとするなんて、前代未聞だ」

俺は言う。不思議議を通り越して、気味が悪い。

「そして何度も出てくるのが、『情報提供者には報酬を与える』という一文だ。報酬が欲しければ校則違反の人間がいないか監視しろということか？」

ジョバンニは厳しい顔でうなずいて、

「書類の段階で学園長がすべて却下していたために、以前は会議にも上がらなかったようですが……学園長が療養に入り、副学園長が全権を握ってからは、このような議題が職員会議にしょっちゅう上がるようになっています。私が書類を作っていますので、たしかかと」

「まさか、これに賛成する教師はいないだろう？」

「副学園長自らが賛成していますので、だんだんと流される教師も増えているようなのです。アレッサンドロ様はそれをご心配なさっていました。……副学園長は、以前はそのようなことをなさる方ではなかったのですが……」

その言葉に、俺はうなずく。

「副学園長が変わった原因を、俺も探ってみることにしよう」

北大路圭

『……以上をもって、入学のご挨拶と代えさせていただきます』

花で飾られた講堂の中に、やたらと低い、迫力満点の声が響いている。本当なら、遥の可愛い声が聞けるところだったのに……。

『……新入生代表、タケシ・モリガオカ』

……くっそ、新入生代表の挨拶をするのが、どうして森が丘なんだよ？

遥、そしてアレッシオが学園にやってきてから、三日後。今日は聖イザーク学園の入学式。てっきり遥が壇上に上がるとばかり思って楽しみにしていたオレは、手の中のデジカメを悔しい気持ちで握り締める。

……これで可愛い遥の姿を激写して、日本にいる祖父母や両親に送るはずだったのに！

オレと遥がいる北大路家は、元華族。日本では名の通った富豪一族だ。祖父も父も辣腕《らつわん》の実業家として知られているし、祖母や母も会社経営に関わって女性ながらに手腕を振るう才女と言われているけれど……可愛い遥には、全員がメロメロだ。オレが会社を継がずに医者になりたいと言った時には大反対されたけど、病弱な遥の役に立ちたいと言ったらあっさり賛成してくれた。まあ、遥は大きくなるに連れて健康になったし、オレはオレでERでの激務を知られて、あっさりこの学園に職場を移されちゃったんだけど。

入学式が賑々《にぎにぎ》しい行事である日本の学校とは違って、この学園のそれはけっこうあっさりしてる。だから父兄は招待せず、学生と教師だけで入学を祝うだけ。学校主催の歓迎パーティーなんかも特にしない。だから、新入生の挨拶はかなり楽しみだったのに……。

教師の席は、壁沿い、新入生のほうを向くようにして設置されている。生徒達の列の向こう、少し離れた場所に、遥が真面目な顔をして座っている。その見とれるほど端麗な横顔の写真は、もう何十枚も激写した。

……くそ、もっと別の角度から撮りたかったのに……！

オレの心の叫びが通じたのか、遥がふいにこっちを振り向いた。オレがカメラを構えているのを見て驚いたように目を見開き、それから「仕方ないなあ」という顔で苦笑する。オレはもちろんそれを激写して……。

遥の視線が、ふいにオレからそれる。オレと遥の間に割り込んできたのは、やたらと大柄な人影。挨拶を終えて戻ってきた森が丘だった。森が丘は遥の隣に座り、遥は頬を染めた、とても可愛い顔で森が丘に話しかけている。

……クソ、森が丘め！　本当に憎らしいぞ！

『それでは次に、新しい先生をご紹介します』

進行役の教師が言い、オレはドキリとする。

オレが聞いた限り、新しく赴任してきた教師は三人。一人は、産休に入ったドイツ語教師の代理の女性。もう一人は、有名大学から招かれた歴史の教師でかなりのご高齢。そしてもう一人が……。

「……うわあ、あの先生、格好いい……！」

「……すっごいハンサム……モデルさんみたい……！」

「……どうしよう、僕、一目ぼれしたかも……！」

生徒達の間に、小波《さざなみ》のように囁きが広がる。オレはため息をつき、彼らのうっとりとした視線を追って目を上げて……。

壇上に上がった彼の姿を見ただけで、心臓が跳ね上がる。

……くっそ、涼しい顔しやがって……！

三日前の夜。アレッシオはいきなりオレの前に現れた。再会の驚きと、あいつのやたらと上手な愛撫のせいでついつい流されてしまったけれど……あんなに喘がされてしまったのが、今でもものすごく恥ずかしくて悔しい。だからオレは、あいつがまた部屋に来たら猛抗議をするつもりだった。本当なら襟首を摑んで怒鳴りたいところなんだけど、ほかの生徒の目があるところで、危ない話をするわけにもいかないから。オレの部屋は建物の角を挟んでいてほかの教師の部屋とは離れているし、石造りのせいもあって防音も完璧だし。

……なのに、あいつは……！

この三日間、あいつはオレの部屋には来ないどころか、話しかけてすらこなかった。一番若くてけっこう格好いい校務員のジョバンニとずっとつるんで、親しげに話しながら学園内を歩き回っていて……なぜか知らねど、オレはムカつきっぱなしだった。いや、オレがムカつく理由なんか、どこにもないんだけど……。

『アレッシオ・リッツォ、化学を担当します。数年前まで、この学園の生徒でした』

講堂に響き渡るのは、うっとりするような美声。そういえばこいつは音楽の成績も抜群で、声楽の時間には、オペラ歌手も真っ青のバリトンで生徒どころか教師までもファンにしてしまって……。

生徒達を見渡していたアレッシオが、ふいにオレに視線を合わせてくる。急なことに驚いて、オレは目をそらすこともできずに硬直する。

『またこの学園に戻れてとても嬉しいです。よろしくお願いいたします』

まるで言い聞かせるかのように、オレを見つめたままでアレッシオが言う。彼の男っぽい唇の端に、微かな笑みが浮かぶ。生徒達の間からうっとりしたため息が漏れ、それから盛大な拍手が湧き上がる。

「……見た？　今のあの微笑。絶対、僕に笑いかけてたよね……？」

「……何言ってるんだよ、僕に笑いかけたに決まってるだろ……？」

「……ハンサムで、高貴で、王子様みたい……格好よすぎて、失神しそう……！」

頬を染めた生徒達が、興奮した様子で囁き合っている。

……何が王子様だ！　こいつは恩師を押し倒して無理やりフェラチオするようなヤツなんだぞ！

オレは叫びたくなるけれど、もちろんそんなことを口にできるわけがない。

……ああ……今年はめちゃくちゃ前途多難な予感がする……。

◆

この学園の寮は三つの建物に分かれていて、それぞれ中庭を囲む回廊で校舎に繋《つな》がっている。校舎の東側にある最新設備を備えた寮に三年生、西側にある次に新しい寮に二年生が入寮している。一年生がいるのは築百年は経《た》っている建物で、よく言えばアンティーク、はっきり言えばお化け屋敷みたいなところ。怪談も山ほどあるから、精神的にも鍛えられる。オレがここの生徒だった頃は、根性の悪い同級生をこらしめるために、怪談にまつわるいろいろなイタズラを仕掛けたもんだ。

そして、初代学園長の趣味で、この学園にはいろいろと独特の制度が設けられている。その一つが、キング制度と呼ばれるもの。それぞれの寮の中で投票を行い、一番票数の多かった生徒にキング、次点の生徒にプリンス、三位の生徒にナイトという称号が与えられる。要するにキングは寮長、プリンスは副寮長、風紀係がナイト。キング、プリンス、ナイトは学生寮の内部を統率するだけでなく、学年の代表として教師との交渉役を務める。いろいろな意味で、その学年の生徒全体の見本ともいえる存在なんだ。

投票の基準は、学力や運動能力がずば抜けているだけでなく、カリスマ性や人格も重要視される。任期は基本的に一年だけど、任期の途中でも成績が落ちたり教師や生徒達からの信頼が薄れれば、投票によってリコールされることもありえる。ここは孤島だし、リコールされたとしても寮を出ることはできないから……卒業までの間、かなり恥ずかしい思いをすることになるんだけど。

キング制度には特に文句はないんだけど……実は、その制度にまつわる悪しき風習がある。それは教師陣には秘密のまま、オレが在校生だった頃から続いていて……。

「はあ？　あの森が丘が、一年寮のキング候補だと？」

オレの言葉に、同じテーブルに座っているメンバーが驚いた顔をする。

ここは学校のバラ園に面したカフェ。学生達の騒ぎを防止するためにいつもはできるだけ職員用のカフェでランチを食べるようにと副学園長から言われてるけれど……今日は特別。保健委員のランチミーティングと称した週に一度の気楽なランチ。今日は新一年生の委員の歓迎会も兼ねている。

テーブルについているのは保健委員長のグスタフと、副委員長のケイン、そして新一年生のマイケルとルパートとロジャー。受験準備のために三年生は早くも実務から退いているから、今はこの五人がオレの手足となって働いてくれるメンバーだ。

ケインがオレの言葉に首を傾げて、

「『あの』森が丘って……もしかして、もう親しいんですか？」

「会ったけど親しくはない。たしかに迫力はあったけど……あんまり愛想がなかったぞ？」

オレの言葉に、マイケルが苦笑して、

「一年生の中ではクールだと大人気ですよ。みんな入ったばかりでおどおどしちゃうのに、彼は堂々としてるから」

その言葉にルパートもうなずいて、

「入学式で生徒代表として壇上に上がったということは、彼が今年の入学試験の成績でトップ。しかも聞いたところによると、全部の科目で満点だったとか」

「そうなんだ！　くっそーっ！　森が丘、ほんっとうに気に入らん！」

オレは思わず声を上げる。グスタフが不審そうに、

「どうして、気に入らん、なんですか？」

「遥も、ほぼ満点で入学試験を通ってる。一問だけ、数学で凡ミスをしてしまって、三点引

かれたみたいだと言っていた。それにしたって、普通ならそれでもトップだろ？　だからオレは、遥が壇上に上がって挨拶をするのを楽しみにしてたんだ！　許さん、森が丘！」

「別にモリガオカくんが悪いわけじゃないのに～。先生、いつもながら大人気な～い！」

ケインが言い、オレはキッと睨んでやる。

「誰がなんと言おうと、あいつは気に入らん！　だって、遥がすっかりあいつのことをお気に入りなんだ！」

オレは拳《こぶし》を握り締めて怒りを必死でこらえる。

「ああ……あの二人は本当に仲良しって感じですよねえ」

ロジャーの言葉に、オレは思わず身を乗り出す。

「なんだよ、それ？　詳しく聞かせろ！」

「えっ？　いや、そんなたいしたことじゃないんです。僕の印象ってだけで……」

怯えた顔をするロジャーに、

「正直に言わないと、保健室の掃除当番を連続でさせるぞ！　さっさと言え！」

言うと、新入生達は揃《そろ》って怯えた顔をする。ケインが呆れたように、

「先生、本当に大人気ない！　しかも超ブラコン！　せっかくの新入生が保健委員をやめちゃったらどうするんですか！　危険のなさそうなメンバーを選ぶのは大変なのに！」

その言葉を聞き流し、オレはさらに身を乗り出す。

「なんでもいいから教えろ！　兄として、弟の遥のことは何でも知っておかなきゃいけないんだ！」

オレの言葉に新入生達は困った顔をしながら、

「いえ……朝食に来る時、必ず二人一緒ですし……」

「授業の教室移動も、絶対に一緒ですし……」

「夕食の後、レクリエーション室では二人の世界を作っているし、さらに寮に戻る時にも絶対に一緒で……」

「なんだそりゃ！　熱愛中のカップルかっ？」

思わず叫ぶと、新入生三人は顔を見合わせる。ロジャーが恐る恐るという口調で、

「ええと……だから、一年生の間では、あの二人はもうカップルなんじゃないかって……」

ルパートがその言葉にうなずいて、

「ハルカくんはあの通りの美形だから、一目ぼれした生徒は数知れなかったみたいなんです。強引に迫ってくる上級生とかかなりいたみたいなんですが、モリガオカくんが、全員を蹴散らしたみたいで……」

ロジャーがなぜかうっとりした顔で胸の前で手を組んで言う。

「その話を聞いて以来、僕らにはモリガオカくんがお姫様を守る騎士に見えるんです」

「そうだよねえ」

ルパートまでがうっとりした顔で言う。

「モリガオカくんならキングとして寮をよくしてくれそうだし。だから、一票を投じるなら、やっぱりモリガオカくんに……」

「はあ？　おまえらもあの男のファンなのか？」

オレの言葉に、新入生達が怯えた顔をする。

「まあまあ、先生。それより、先生が心配すべきことはほかにあるかと……」

ケインが、

「まさか……」

オレはものすごく嫌な予感を覚える。

「……遥が、プリンセスに選ばれそうなんじゃないだろうな……？」

そう。この学園の寮には、学年一綺麗な生徒を投票で選んでプリンセスと呼ぶ……という、教師には秘密の、悪しき風習がある。プリンセスは学年のアイドル扱いされ、スポーツ大会ではチアリーダー、学園祭では劇のヒロイン……と、なにかと担ぎ出されることになる。しかもキングとセットになって行動させられることが多いから、いつの間にかカップルになってしまっている場合も少なくないんだ。

かくいうオレも在学中は三年連続でプリンセスに選ばれたが……次々に告白してくるキングやプリンスやナイトを思い切り振りまくり、無理やり迫ってくる生徒を正当防衛と称してブン殴り……歴史に残る乱暴者のプリンセスと呼ばれた。

「オレがプリンセスだった時は、うるさい野郎どもを思い切り蹴散らしてたけど……あの優しい遥にそんなことができるとは思えない。まさか、新聞部のプリンセス候補に挙がったりはしてないだろうな？」

寮での正式な選挙が行われる前に、新聞部の部員が独自にアンケートを取り、有力な候補者の名前を寮生だけに配られる寮内新聞に載せる。だいたい十人くらいの生徒の名前が挙がっているはずだけど……。

「寮内新聞に載ると、飛躍的に得票数が上がる。候補に挙がってないだろうな？」

オレが重ねて言うと、一年生達は困ったように顔を見合わせ、それから言う。

「いえ……ハルカくんは筆頭候補です」

「あんなに綺麗なのに、候補に挙がらないのは無理ですよ」

「成績はずば抜けているし、ほっそりして優雅に見えるのにこの間のスポーツテストですごい成績を出していたし」

「まあ、オレの弟だから当然だよな。遥は昔から勉強もスポーツも完璧で……って、得意になってる場合じゃない！　寮内新聞、見せてみろ！　誰か持ってないか？」

オレが言うと、三人はまた顔を見合わせる。マイケルが、

「寮内新聞は、先生方には見せてはいけないって、新聞部の子が……」

「いいから見せてみろ！　オレは遥の保護者だぞ！」

オレが手を出すと、マイケルは怯えた顔でポケットから畳まれた紙を取り出す。

「僕が見せたって、絶対に秘密にしてくださいね。上級生や先生方に見せたら次から新聞を配らないって、新聞部のメンバーからきつく言われてますから」

「あ～、わかったわかった、秘密にしてやるから」

オレは言いながら慌ててそれを広げて……。

「わあ、なんだこれっ？」

それぞれの寮生だけに配られるこの寮新聞は、オレが在校生だった頃から連綿と受け継がれてきたもの。教師には極秘のこれは、学内のスキャンダルからテストの必勝法まで、多岐にわたる記事が掲載される。オレがいた当時から、かなり本格的だった。なんといっても今の新聞部の部長はアメリカの新聞王と呼ばれている人間の孫。ほかの部員もピュリツァー賞を取ったカメラマンの息子だの、高名なノンフィクション作家の孫だの……とんでもないメンバーがいる。レイアウトも写真も記事の内容も、驚くほどのレベルなんだけど……。

「こんなに大きく遥の写真がっ！　っていうか、なんでオレとのツーショットなんだ？」

見開きページにでかでかと載せられているのは、オレと遥が月明かりの下で向かい合ってうっとりと見つめ合っているところ。バックに写っているのは一年生の寮のエントランスだから、遥の部屋に遊びに行った後、別れを惜しんでいるところだろうけど……。

「チクショー、全然気がつかなかった！」

オレは遥の腰に両手を回していて、遥はオレの胸に両手を当ててうっとりとオレを見上げている。ふんわりとしたライティングのせいで遥の美貌がますます際立っているし、当然ながらオレもすごい美形。見詰め合う二人は、まるで熱愛する恋人同士みたいで……。

「いい写真じゃないか。これを撮ったのは、新入生のスワンソンだな？　さすが、上手だ」

写真の下に載せられていた名前を確認して、オレは言う。スワンソンの父親は有名なファッション雑誌の専属カメラマン。世界中のカリスマモデルや有名アーティスト達が彼に撮られるのを切望している。その息子だけあって、かなりセンスがいい。

「ねえ、すごいですよね？　まるで映画のポスターみたい」

「ハルカくんも先生も、ものすごく綺麗です。みんなこれを切り取って寮の部屋の壁に張ったりしてるみたいですよ」

「芸能人のポスターとかは部屋に持ち込み禁止だから、美しいものに飢えてるんですよね」

一年生がオレの手元を見下ろしてうっとりと見とれている。脇から覗き込んだケインが、

「うわ、なにこれ、うらやましい！　二年の寮新聞はやたらと堅苦しい記事が多いんだよ！　編集してるのがドイツ系の政治家の孫だからさあ」

「とはいえ、先生やハルカくんに関する記事は、ことあるごとに載っているけれどね」

グスタフの言葉に、ケインは眉を寄せて、

「載ってるけど社説風の文章だから萌えないんだよ！　こんなふうに写真を載せてほしいな

あ！　ハルカくんと先生はしょっちゅベタベタしてるんだから、もっと過激なショットも撮れそうじゃない？」

「……おまえらなあ……他人事《ひとごと》だと思って……」

オレが言うと、彼らはギクリと肩を震わせる。オレは拳を握り締めて、

「たしかにいい写真だ。だがそれとこれとは話は別。明日にでも、カメラごとデータカードを没収してやる。遥の写真を焼き増しされたらヤバイし、また盗撮されたら困るからな」

「うわあ、先生ってやっぱりひどい……」

一年生達は言って、頭を抱えている。

「いや、写真の話なんかしてる場合じゃない。キングとプリンセスは公認の恋人同士みたいな雰囲気になることが多い。そうだろう？」

オレは、ものすごく嫌な予感を覚えながら言う。

「じゃあ……森が丘がキング、遥がプリンセスになったとしたら、二人はほとんど公認カップルってことか？」

「まあ、そうとも言えま……」

言ったグスタフの横腹を、ケインが肘でつつく。オレは立ち上がり、

「クソ、そんなの絶対に許さないからなっ！」

……遥の貞操は、オレが守る！

アレッシオ・リッツォ

再来週から、学園祭のシーズンが始まる。新入生が学園に馴染めるようにという意図も含まれている、とても大きな行事だ。

学園祭は三日間続き、校内ではさまざまな論文の発表会やコンサートがひらかれる。最後の夜には学園の生徒が全力をかけて作り上げる野外オペラの公演があり、その打ち上げは父兄も招いた大規模な舞踏会だ。舞踏会の夜に告白すると恋が実ると言われていて、男ばかりの学園なのにやけに浮き足立った雰囲気だ。

「あの可愛くて無垢な遥が男と付き合うなんて、オレは絶対に許さない!」

保健室のテラス。テラスチェアに座った圭が、怒った声で叫ぶ。

「先生、そんなに握り締めるから……ハンバーガーからソースが零《こぼ》れてしまっていますよ」

隣の席に座った俺は、テーブルにダラダラ垂れたソースを紙ナプキンで拭き取る。

「え? ああっ!」

圭はやっと自分がハンバーガーを握りつぶしていることに気づき、慌ててそれを口に運ぶ。

ソースが溢れているハンバーガーにかぶりついたおかげで、彼の口の周りもソースだらけになっている。

……まったく。いくつになっても子供みたいな人だ。

俺は、思わず微笑んでしまいながら思う。

「先生、口の周りがソースだらけですよ」

新しい紙ナプキンを袋から取り出しながら言う。

「拭いてあげます。目を閉じてください」

「え？　あ、うん」

純粋な彼は俺の言葉を簡単に信じ、目を閉じる。俺は顔を近づけ、彼の口の周りについたソースをゆっくりと舐め上げる。この学園のカフェのハンバーガーは昔から美味しいが、彼の肌を濡らしたそれは、いつにも増して美味しく感じられる。

「……んっ！」

驚いて逃げようとする彼の後頭部に手を回して引きとめ、そのまま唇に唇を重ねる。

「……んん、くう……っ」

ほんの少しキスを深くするだけで、彼はもう抵抗できなくなる。最初からとても感じやすい人ではあったけれど、キスをするたびにどんどん従順になってきているようだ。

……ああ、本当に可愛いんだから……。

力の抜けてしまった彼の上下の歯列の隙間《すきま》から、舌をゆっくりと差し入れる。

「……あ……んん……っ」

彼の呻きが、ふいに甘くなる。こうなったら、もう彼は逃げることができない。俺は唇を離し、彼の手を持ち上げる。ソースで濡れている指をゆっくりとしゃぶってやると、彼はまるでフェラチオでもされたかのように震え、小さく息を呑む。

……ああ、彼はどうしてこんなに色っぽいんだろう……？

「先生、今日はどこまで許していただけますか？　できることなら……」

俺が言いかけた時、保健室の壁に設置されたスピーカーから、臨時放送の開始を告げる短いジングルが聞こえた。圭が驚いたように動きを止め、スピーカーに目をやる。この学園では、普段は放送というのはあまり使われない。だが、緊急のニュースがある時、もしくは学校内で事故が起きた時などには放送が流される。圭の顔がピシリと引き締まったのは、有事の時にはすぐにでも飛び出していけるようにだろう。

『臨時放送です。すでにそれぞれの学級委員からお知らせが渡っていると思いますが……学園祭のオペラのメインキャストに関するアンケートをお願いしたいと思っております』

スピーカーから響いてきたのは、この学園の学生会長、シャムス・アル・ディーンの声だった。緊張した様子だった圭が、ホッと息をつく。

「なんだよ、おどかすな！」

言いながら、俺の手から自分の手を取り戻す。

「おまえも、調子に乗るなっ！」

俺を指差しながら叫ぶけれど、こんなに頬を染めながらでは、まったく迫力がない。

「すみませんでした」

俺が言うと彼は満足したようにうなずき、食べかけになっていたハンバーガーに再びかぶりつく。さっきと同じようにソースが垂れているが、それを気にしていないところがうかつな彼らしい。本当に、無邪気な少年のようだ。

「そういや、そんな季節だよなあ。毎年大変だよ」

校務員のジョバンニは、俺にも怠らずに報告をしてくれていたのだが……美しい圭は毎年のように生徒達からかり出され、野外劇場で行われる劇やオペラに出演させられていた。彼は美しいだけでなく、澄んだ歌声の持ち主で、そのレベルはかなり高い。彼がかたくなに『自分は歌が下手』だと思い込んでいるせいで、本格的なオペラの時はヒロインを固辞して脇役に徹していたようだが……そうとうのレベルの曲でも歌いこなすだろう。

『お知らせにもあったとおり、今回の演目は「トゥーランドット」。この学園の長い歴史の中でも類を見ない、本格的なオペラになることを目指しています』

アル・ディーンの言葉に、圭は眉を寄せて、

「うわあ、張り切ってるな。……どうせあいつら、面白がって教師陣を担ぎ出そうとするだ

ろうが、絶対にヒロインからは逃げてやる。だってオレ、歌なんかできないからな」

彼は言うが……。

『今回のメインキャスト候補は、お知らせにもあったとおり、事前の学生会議で決めさせていただきました。いずれも声楽のテストで優秀な成績を取った生徒、そしてオペラに精通する教師の皆さんです』

「誰だろう、オペラに精通してる教師って？　副学園長はオペラが好きだと豪語してたけど……美青年のカリフ王子ってイメージじゃないよなあ。声楽のロマノフ先生？　いや、彼ももうお年だしなあ」

圭は、まったくの他人事のようにして首を傾げているが……。

……何か、嫌な予感がするんだが。

『それでは、まずはカリフ王子の筆頭候補……』

スピーカーから流れてくる声が、別の人間のものに変わる。聞き覚えのある声は、たしか放送委員長のものだろう。

『学生会からの推薦で、学生会長のシャムス・アル・ディーン。声楽の授業でも高い成績をおさめています。……それでは、アル・ディーンが歌っている「誰も寝てはならぬ　～Nessun dorma～」の冒頭部分を放送します』

スピーカーからピアノの音色と歌声が響いてくる。ロマノフ先生の声楽の授業ではテストの様子を必ず録音して、あとの講評で聴き直す。そのためにすべての生徒の声が、記録として残されているのだ。

アル・ディーンの父親はアラビア半島の王族で大富豪。自宅にはホールがあり、誕生日には有名オペラ歌手を招いての晩餐会をひらくらしいとジョバンニから苦笑交じりに聞いたことがある。彼の歌声は見事だったが……かなり癖がある気がする。

「はあ、なるほど。下手ではないなあ」

圭が、眉をチラリと上げながら言う。

「ルックスもイメージは合ってるし……でも歌い方に癖がありすぎて、ナルシストっぽい。歌はおまえのほうがずっと上手だ」

ふいに言われて俺は驚く。

「俺ですか？」

「おまえが在校生の頃、声楽のテストの課題曲だっただろ？『誰も寝てはならぬ』。しかも放送委員が調子に乗って、先生から借りた音源を昼の放送で流した。あの時は全校生徒が大騒ぎだったからなあ」

くすくす笑われて、頬が熱くなる。

「あれは、俺の歌が下手だったので騒ぎになっただけでは？　あの時は本当に恥ずかしかったです」

俺は思わず眉を寄せてしまいながら言う。

「あんなことはもう二度と……」

『それでは次に、放送委員会からの推薦で、アレッシオ・リッツォ先生。アレッシオ先生はこの学園の卒業生で、彼の実力にはロマノフ先生も一目置いていたそうです』

俺の言葉を遮るようにして、スピーカーから信じられない言葉が流れた。

『……それでは、アレッシオ・リッツォ先生が歌っている「誰も寝てはならぬ　～ Nessun dorma ～」の冒頭部分を放送します』

呆然としている間にピアノの前奏が流れ、自分の声がスピーカーから流れ出す。

「信じられません！　止めなくては……！」

立ち上がって走り出そうとした俺の腰に、圭が抱きついてしっかりとホールドする。

「そうはいかない！　生徒達は、情報を得るチャンスを与えられるべきだ！　それにアル・ディーンよりもおまえのほうがやっぱり全然上手だし！」

しがみついた彼を振り払おうとしている間に、歌が終わる。俺はぐったりと疲れ果てて、椅子に戻る。愛しい圭に抱きつかれていたというのに、甘い気分になる余裕すらない。

「再びこんな辱《はずかし》めを受けるなんて……」

「ははは、観念しろよ！　歌が上手な、おまえが悪い！」

圭は楽しそうに笑いながら、椅子に座る。のんきな顔でハンバーガーにまたかぶりつく。

『カリフ王子の候補は以上です。次に、ヒロインのトゥーランドット姫の候補を発表します。二年寮、三年寮からの熱烈な推薦で……ケイ・キタオオジ先生。トゥーランドット姫のアリアは難しい曲が多いですが、キタオオジ先生は、以前もそれを歌いこなしています』

スピーカーから聞こえた言葉に、圭の手からハンバーガーがポロリと落ちる。

『それでは聞いていただきましょう。「この宮殿の中で　～In questa Reggia～」。歌は、ケイ・キタオオジ先生です』

「ちくしょおおおぉーっ！　やめろおおおぉーっ！」

圭が叫びながら、全速力で保健室を飛び出して行く。あまりの速さに、止める暇もない。

「まったく、人のことは笑いながら止めたくせに」

俺は苦笑し……そしてそのまま目を閉じる。圭の歌声は澄み切ったテノールで、その完璧な音程は、調律されたヴァイオリンのよう。それは美しく、癖のない水のようにさらりと鼓膜を通り抜け、そして心にしみてくる。エーゲ海の潮風の中で聴くには、本当に心地いい。

この学園には、ギリシャのそれを模した本格的な野外劇場がある。そこの音響は素晴らしく、エーゲ海をバックにしたステージはとても美しい。

……彼が野外劇場で歌うところを、聴いてみたい……。

俺は心から思う。そして確信する。

……きっと全校生徒もそう思っているだろう。圭はきっと、選出されてしまうな。

北大路圭

「学園祭の前はお祭り気分になり、生徒がいつもより浮き足立っています！　警備を厳しくしないと、風紀が乱れるかもしれません！」

オレはミーティングテーブルを叩《たた》きながら言う。副学園長が鼻白んだ顔で、

「いつもやる気のなかったあなたが、今年に限ってどういう風の吹き回しですか？」

「たしかにぼくは、毎年巡回から逃げることばかり考えていました！　しかし弟が入学したことで、心を入れ替えたんです！　生徒同士、しかも男同士でカップルになるなんて言語道断です！　しかも学園祭の準備のために、いつもはあまり接点のない別の学年の生徒達との交流も生まれていて……」

オレの脳裏に、昨日の放課後に見てしまった遥《はるか》の様子が鮮やかに蘇《よみがえ》る。二年寮、三年寮のプリンセス達はとんでもない美青年達で、それぞれのキング達と公認カップルといわれていたから安心していたのに……二年と三年のキング達は、自分達のプリンセスには目もくれず、ことあるごとに遥の前に姿を現しては口説きまくっているらしい。

頼みの綱の森《もり》が丘《おか》は上級生達にまんまと実行委員を押し付けられ、雑用に追われていて、常に遥と一緒にいるわけにもいかないみたい。その隙《すき》にキングやプリンス達が遥にちょっかいを出す、嫉妬したプリンセス達が遥に仕返しをしようと企てる、さらにそれを新聞部がネタにし、生徒達が興味津々で騒ぎ立てる。しかし天然ボケなところのある遥はすべての誘いをさりげなく受け流し、キング達はさらに闘争心を燃え上がらせ……というものすごく面倒くさいループに陥っているんだ。

「このままでは、可愛い生徒達の貞操がとても危険です！　万が一のことがあったら、とりかえしがつきません！」

オレが身を乗り出して言うと、呆気《あっけ》に取られた様子だった先生方が、やっと我に返ったように次々にうなずいてくれる。

「たしかに、この学園はただの学校とはまた違いますからね」

「万が一のことがあったら、戦争にまで発展しかねません」

彼らの言葉に、副学園長は顔色を白くして、

「私は学園長から留守中の全権を任されています。その間に何かあったら……」

「だから巡回です！　不審な動きは見逃さないようにしないと！」

オレの言葉に、教師達が次々にうなずく。

……なんとかして、遥の身の安全を守らなくては！

アレッシオ・リッツォ

「おまえら、ちゃんと自分らの寮に帰ってさっさと寝ろよ！　途中で一年の寮に寄ろうなんて思ったら、承知しないからなっ！」

圭《けい》が、渋々と寮に戻る生徒達の背中に向かって叫んでいる。

「遙に手を出そうとしたらブッコロス！　ほかのやつらにもそう伝えておけっ！」

圭はこうやって遥くんのことばかりを心配しているけれど、生徒達の半数以上は圭狙いだろう。生徒達が落胆しているのは圭に蹴散らされたからではなく、俺が一緒にいたから。彼らの恨みがましい目を見れば、それは一目瞭然。もしも圭が一人で夜の校舎をウロウロしたら、何か危険な目に遭ってもまったくおかしくない。

この学園では夕食の時間は決められていて、普段は全校生徒が揃《そろ》ってディナーをとる。しかし学園祭の準備のあるこの時期だけは、自由な時間に食事をすることが許され、ダイニングにはビュッフェ形式のディナーが準備されている。生徒達は作業の合間に食事をし、消灯の二十三時までなら寮の外にいることが許される。

しかし教師も二十三時には寮に戻るのをいいことに、こっそりと作業を続ける生徒も多く、そんな時にこそ問題が起こりやすい。孤島に閉じ込められた若い男子達のエネルギーには、目を見張るものがある。それがいい方に向かえばいいのだが、悪い方向に向かい始めると際限がない。

……まあ、俺も偉そうなことはいえないけれど。

「遥、ちゃんと寮に戻ってるな？　うん、オレはまだ見回りなんだけど……」

圭が携帯電話を取り出し、遥くんに電話をかけている。この学園では生徒が携帯電話を持つことは許されないが、教師は非常時のために携帯電話を持つ。寮の一階にある管理人室には実家に連絡をするための公衆電話が置かれているのだが……じかに訪ねてお休みをいえない時、圭は律儀にそこに電話をかけて遥くんと話しているらしい。

「大丈夫。アレッシオをお供につけてるから。うん、わかった。愛してるぞ、遥」

圭が俺にはほとんど見せたことがないような優しい笑みを浮かべて囁《ささや》く。

……圭が弟を溺愛《できあい》しているのはよく解《わか》っているが……。

俺は熱い何かが胸を締め付けるのを感じる。それは怖いほどに激しく、そして甘い。

……こんなふうに見せ付けられると、本気で嫉妬してしまいそうだ。

俺と圭は、講堂の見回りを担当していた。窓から見える校舎の灯《あか》りがほとんど消えているので、ほかの教師達の見回りも、ほぼ終了していることだろう。

電話を切った圭は、ステージに上り、製作途中の大道具を眺めている。

「うわあ、やっぱりかなり本格的だよなあ。今回の大道具係のチーフ、誰だっけ？」

「三年生のロビンソンです。父親は建築家のジム・ロビンソンですよ」

「はあ、なるほど、すごいわけだな」

圭は感心したように大道具を見上げ、中国風の龍が巻きつく柱に手で触れている。

「お、これって、『トゥーランドット』の宮殿のセットだろ？　さすがに大掛かりだなあ」

『トゥーランドット』の本番は野外ステージで行われるが、大道具作りはこの講堂で進められている。本格的なセットは、かなりの迫力だ。

彼が柱を揺らそうとしていることに気づいて、俺は慌てて、

「触らないで。しっかりしているように見えても、まだ製作の途中なんですから」

「えっ、でももう出来上がってるんじゃ……うわっ！」

柱がゆらりと揺れ、何かが滑るような音がする。作りかけのセットの上から、何かがふいに落ちてくる。

「危ない！」

俺は慌てて手を伸ばし、圭の身体《からだ》を引き寄せて……。

ガシャン！　という大きな音がして、何かが床に落ちる。見ると、それは誰かが置き忘れたらしい工具箱だった。小型だが金属製だし、かなり重そうだ。あれが頭の上に落ちてきた

ら絶対にケガをしていただろう。俺は彼がケガをしたことを想像して青ざめ……それから腕の中の彼が無傷であることを確認してホッとため息をつく。

「よかった、間に合って」

思わず呟《つぶや》き……それから、腕の中の圭が呆然《ぼうぜん》とオレを見つめていることに気づく。

「だから、触ったらダメだと言ったでしょう？」

俺が言うと、圭は、

「……あ、ごめん……」

いつもとは違って、やけに素直に言う。

「……ありがとな。おまえが引き寄せてくれなかったら、オレ、ケガしてた……」

「あなたという人は……」

俺は胸が強く痛むのを感じながら、彼に言う。

「……いつもはあんなに憎らしいくせに、たまに本当に可愛いんだから……」

気づいたら顔を近づけ、彼の唇を奪っていた。

「……んん……っ？」

彼は驚いたように声を上げて一瞬抵抗するが、キスを深くするだけで、そのままフワリと体から力を抜く。

「……んく……」

彼の上下の歯列が従順に開き、俺の舌を受け入れる。深く差し入れて口腔を探ってやると、彼の身体がひくりと震える。舌を絡ませ、舐《な》め上げてやると、感じてしまったかのように甘く呻《うめ》き、細い指で俺の二の腕をキュッと強く握ってくる。

……ああ、本当に可愛いんだから……。

俺は胸を熱く痛ませながらその舌を貪《むさぼ》り、彼の体温が上がったことを確かめてから、腰を強く引き寄せる。

「……ん、ん……っ！」

案の定、とても感じやすい彼はキスだけで身体を熱くしていた。腿《もも》でグッと擦《こす》り上げてやると、彼のスラックスの布地を硬く押し上げる屹立《きつりつ》が、ビクリと震える。

「……くふ、ぅん……っ！」

彼が甘い声を漏らし、それからハッと我に返ったようにかぶりを振って俺の唇を乱暴にもぎ離す。真っ赤になった顔で、俺をキッと睨《にら》み上げてくる。

「バカ！　ここをどこだと思ってるっ！」

「講堂のステージの上ですが、何か？」

「何か、じゃねえ！　誰かが入ってきたら丸見えだろうが！」

彼は言って、俺の胸を押して身体を離す。そのまま出口に向かおうとする彼を見て、俺は微《かす》かな怒りを覚える。

「じゃあ、見えないようにしましょうか」

言ってステージの端に行き、そこに設置してあるスイッチを操作する。

「うわ！」

ステージと客席を仕切る緞帳《どんちょう》が、ゆっくりと下りてくる。ステージ上のライトは消されているために、緞帳が下りると、ステージの上はわずかにもれる光以外はほぼ真っ暗になる。

「何するんだよ、真っ暗じゃないか！」

怒った声を出す圭の身体を引き寄せ、そのまま後ろから抱き締める。

「見られたくないんでしょう？　それなら暗がりで」

「おまえなあ！　こんなところでエッチなことなんかするわけないだろっ！」

彼は叫ぶけれど……手のひらを滑らせて両方の胸を包み込んでやると、大きく息を呑《の》んで抵抗ができなくなる。

「胸がとても感じるんですね。軽く触れるだけでおとなしくなるなんて」

囁きながら、手のひらでそっと円を描く。ワイシャツ越しに感じる彼の乳首が、ゆっくりと硬く尖《とが》ってくるのが解る。

「……や、やめ……んっ！」

尖った乳首を摘《つま》みあげてやると、大きく息を呑んで身体を反り返らせる。

「……ダメだ、こんなところでされたら……っ」

彼は甘くかすれた声で言う。

「……本番で、思い出しちゃうかも……っ！」

「俺と先生が出演する『トゥーランドット』は、ラブストーリーですよ。最後にはちゃんとキスシーンもある」

彼の耳たぶにそっとキスをして、その首筋にゆっくりと這《は》わせてやる。

「……あ……っ」

「監督にも『演技が硬い』と言われているでしょう？　本番までにもっと距離を縮めておいたほうがいい」

言いながら両方の乳首を指先で愛撫し、後ろから耳たぶを口に含む。

「……あぁ……っ」

耳たぶをチュッと吸い上げると、彼はとても甘い声を出して、身体をびくりと震わせる。

「……バカ、言うこときけよ……っ！」

こんなに甘い反応をしているのに、彼の言葉はまだこんなにつれない。

「冷たいんだから。『トゥーランドット』の氷の心を持つお姫様というのは、本当にあなたにぴったりの役です」

囁きながら手を滑らせると、彼の両脚の間で硬く持ち上がっているものがある。

「愛しています、先生。どんなに冷たくされても、この気持ちは変わりません」

囁きながら屹立をゆっくりと扱《しご》き上げると、彼は切ない声を上げて背中を反り返らせ、後頭部を俺の胸に預けてくる。

「……ア、アア……」

「このままでは、また下着とスラックスを濡《ぬ》らしてしまいますね」

俺は囁き、彼のスラックスのファスナーをゆっくりと引き下ろす。

「……ダメだってば……んん……っ！」

下着の合わせから手を入れて、硬くなっている屹立を引き出してやる。プルンと弾《はじ》け出たそれは、すでに限界まで硬くなって切なく先走りを漏らしている。

「可哀想に。こんなに感じやすくては、我慢も限界でしょう」

囁いて彼の身体の向きを変える。キスをしてから身を沈ませ、彼の前にひざまずく。屹立をたっぷりと口に含んでやると、彼はたまらなげな声を上げ、俺の髪に指を埋《うず》める。

「……ン、ンン……ッ！」

チュプッと音を立てて屹立を口から抜き、陶然とした顔で目を閉じる彼を見上げる。

「気持ちがよさそうですね。フェラチオが、そんなに気に入りましたか？」

「……ん……バカ、聞くな……！」

憎まれ口をきくが、屹立からは蜜が溢《あふ》れる。快感を隠せない、不慣れな身体が愛おしい。

……ああ、こうやって身体から慣らして、彼の心まで奪ってしまいたい……。

北大路圭

「……はあ〜。やっぱりオレがトゥーランドット姫なんて、絶対に無理だよ……」

部屋に流れるアリアを聴きながら、オレは思わずため息をつく。

投票結果で選ばれたメンバーは、トゥーランドット姫がオレ、カラフ王子がアレッシオ、アリアもある大切な役、女召使のリューが遥。オレの父親にあたるアルトゥーム皇帝が、なんと森が丘だった。ほかの登場人物は、カラフの父親であるティムール王、大臣のピン、パン、ポンの三人、首切り人のフーテンパオなど。音楽はオーケストラ部、合唱は声楽部が受け持つけれど……どちらも欧州のコンテストで大きな賞を総なめにしてきたとんでもないメンバーばかり。さらに。練習で聴いたら、アレッシオはもちろん、遥も森が丘もプロ並みに歌が上手《うま》かった。ほかのキャストはオペラ部の部員でやっぱり大きなコンテストで賞をとってるようなメンバーだから、歌も演技も完璧。オレだけが……マジでヤバイ。

がさつなオレは歌が苦手で、在学中の声楽の時間にはとても苦労した。なのに、本番ではアリアを何曲も歌わなくちゃいけない。もちろんキーはオレでも歌えるくらいに下げてあるけど。今、部屋に流れているのは、とんでもない難曲『この宮殿の中で　～In questa Reggia～』だ。

本当なら「歌えないから適当に台詞《せりふ》で」でごまかせたと思うんだけど……在学中、声楽のテストの時間に歌ったこの曲の音声データが、音楽室にしっかり保存されてたんだ。

……ああ、あの時、あんな対決をしなければ……。

いつものことだけど……オレは、さんざんやっちゃってから後悔するんだ。

この聖イザーク学園は学業だけでなく芸術にも力を入れていて、音楽の時間には器楽と声楽を基礎から叩き込まれる。そしてこの学園に在学中、規則にないことで別の生徒を罰しようとする学習委員と、激しい口論をしたことがある。そしてなぜだか音楽のテストの自由曲に『この宮殿の中で～In questa Reggia～』を選び、その点数で競うことになってしまった。

そいつの親はプロの歌手でそいつも小さい頃から声楽のレッスンを受けてきた。だから本当ならとても叶《かな》わないはずだったんだけど……オレはオペラ部の生徒に頼んで猛特訓をして

……そして、そいつよりもいい点数を取って勝負に勝った。生徒達からは拍手喝采を浴びたんだけど……まさか今さらそれに苦しむなんて……！

思った時、いきなり部屋のドアが開いた。

「よかったあ、今日はいた！」

「いつもいつも逃げ回って！　今日こそは逃がしませんからね！」

「今日のうちに最終の仮縫いをしないと、本番に間に合わなくなります！」

オレを取り囲んだのは、学園祭の劇の衣装係。衣装係は、オレの白衣をことごとくデコラティブにしやがったあのメンバー、ジャン・ヴェルサーチェ、ジミー・チェン、そしてエドワード・スミスの三人だ。

この学園では、学園祭の劇のレベルだけではなく、舞台衣装の質の高さもハンパじゃない。毎年、それを楽しみにくるお客も多いくらいだ。今年はこの最強メンバーが揃ったことで、さらに期待は高まっているらしい。

三人が作り上げたトゥーランドット姫の衣装は、たしかにすごかった。『トゥーランドット』といえば、舞台装置は完璧なオリエンタル。だからオレは、ただのチャイナドレスみたいなヤツしか想像していなかったんだ。しかし。

衣装は豪華な真紅のシルクを使った、すごく凝ったデザインだった。映画で見たチャイニーズファンタジーのお姫様みたいなイメージで、たしかに格好いい。だけど……。

「そんなにキャンキャン言うなよ。仮縫いならこの間もやっただろ？　パリコレじゃあるまいし、サイズなんかだいたい合ってりゃ適当でいいよ！　……それじゃっ」

オレはうんざりしながら言い、踵《きびす》を返して逃げようとする。なのに。

「ひどい！　そんな言い方！　すべての服飾関係者に対する冒瀆《ぼうとく》です！」

ヴェルサーチェが悲しげな声を上げ、オレは逃げるに逃げられなくなる。

……ああ、もう……！

オレはため息をつき、仕方なく振り返る。

「ああ……ごめん、オレの言い方が乱暴だったな。ええと……」

オレは考えて必死で言葉を探す。それから、

「ええと……おまえらはほんとに優秀で、ものすごい才能を持ってる。作ってもらった衣装のレベルの高さには、本気で驚いた」

オレの言葉に、三人の顔に嬉しそうな表情が浮かぶ。

「ありがとうございます。……じゃあ、おとなしく協力してくれますね？」

チェンが身を乗り出して言い、オレは思わず後退《あとじさ》りながら、

「いや、それくらい優秀なおまえらが作ったんだから、もう問題ないだろうってこと。仮縫いだって、もう二度もしたじゃないか。完璧を求めたいのはわかるけど……」

ちょっと凝りすぎじゃないか、と続けようとしたオレの言葉を、スミスが遮る。

「そうはいきません！　この衣装は僕たちが作り上げた一つの作品なんです！　職人なら、完璧を求めるのは当然のことなのです！」

やけに熱く叫ばれて、オレはさらに鼻白む。

……おまえら、職人じゃなくて学生だってば……！

口に出すと攻撃されるので、オレは心の中で反撃する。それから、

……衣装作りは彼らの専門分野だから、とことん頑張りたい気持ちもわかる。それに、卒業後はみんな立派な職人になりそうだ。それは校医としてはきっと喜ぶべきことだろう。

ちょっとだけ感心しながら思うけど……。

「じゃあ、脱いでくださいね！」

「もちろん、下着も！」

二人に叫ばれて、オレは呆然とする。

「はあっ？　おまえら、何を言ってるんだ？　乙女ぶってるくせに、実はオレの身体目当てなのか？」

オレが言うと、チェンが慌ててかぶりを振って、

「そうじゃないんです！　僕が凝りすぎて、衣装に合わせるための下着も用意してしまって！　でも先生なら、きっと着こなせると思います！」

「やかましい！　そんなの断固拒否！」

俺が叫ぶと、ヴェルサーチェが、

「胸がないと、衣装を綺麗に着こなせません！　ともかくこれは着けてもらわないと……」

言いながら、ブラを差し出す。肩紐《かたひも》がないタイプで、パッドがたっぷり入ってる。

「イヤだ！　これも絶対に拒否！」

オレは言いながら、スラックスを脱ぐ。

「これがオレの勝負下着だ！　ブラはなし！　本番もこれで臨むぞ！」

今日のオレは、大漁旗を模したデザインのド派手なトランクス。真ん中には『大漁』の文字が躍っている。

「うわあ、オリエンタルなデザインですね！　どこで買ったんですか？」

ヴェルサーチェが言い、オレは胸を張る。

「東京にいる時、築地《つきじ》の場外市場の土産物屋さんで購入したものだ。ほかに『蛸《たこ》』と『鮪《まぐろ》』のトランクスも持ってるぞ」

「でもこれ、どうしてこんな言葉が書いてあるんですか？　もしかしてエッチな意味？」

チェンが泣きそうな顔で言い、スミスが首を傾《かし》げながら、

「僕達には、漢字は書いてあるだけで格好いい気がするんだけど……どういう意味なの？」

「漁に出たら獲物がたくさん捕れた……という意味だね。普通なら笑うところなんだけど、先生が着てるとエッチすぎて洒落《しゃれ》にならないよ」

真っ赤になったチェンの言葉に、残りの二人が顔を見合わせる。ヴェルサーチェが、

「そんな下品な意味の下着、この高貴な衣装に合いません！　それに……」

言いかけて言葉を切る。それからやけに恨みがましい上目遣いでオレを見つめてくる。

「な、なんだよ？　文句があるなら言ってみろよ」

オレが動揺しながら言うと、ヴェルサーチェは、

「先生は、動きが荒すぎるんです。この間の仮縫いの時にも思ったんですけど……そんな堂堂と大股《おおまた》で歩かれたら衣装のラインが台無しです」

「あ、それって僕も思った。だから、あの下着に賛成したんだよね」

スミスが身を乗り出して言う。チェンが深くうなずいて、

「そうだよ。トランクスなんかはいてたら、どんなに演技指導してもきっと無駄だ」

「え、なんだよ、それ？　オレ、稽古けっこう頑張ってるのに！」

オレは慌てて言うけれど、三人は鬱々《うつうつ》とした顔で見返してくるばかり。

「ええ……そんなにオレ、がさつ？」

「がさつって言うか……動きが子供みたいなんですよ。やんちゃな少年。ものすごく綺麗《きれい》な顔も、ほっそりしたスタイルも、世界中の男を一目で虜《とりこ》にしてしまう麗しのトゥーランドット姫に本当にぴったりなんです！　だから……！」

ヴェルサーチェは覚悟を決めたような顔で、何かを差し出す。

「お願いです！　この、チェンが用意した下着を着てください！」

真っ赤なシルクでできたそれは、ただの一枚の布。紐がついていて、腰に巻けるようになってるみたいだけど……。

「おまえ、これ、何……？」

オレはいぶかしく思いながら注目し……。

「わあ、もしかして、日本の着物みたいに、パンツは着けずにこれを巻いてろってこと？」

「下着の線がでるのは許しませんからっ！　トランクスなんて言語道断！」

「っていうか、オレだってちゃんと男なんだぞ！　前をちゃんとホールドしておかないとダメだろうが！」

「股間の膨らみのことを言っているのなら、上に着るローブで腿の半ばまで隠れるので、ちゃんと抑えられます。それよりも先生には恥じらいが必要なんです！」

ヴェルサーチェは布をオレの手に押し付けて叫ぶ。

「僕らが戻ってくるまでに覚悟を決めておいてくださいねっ！　今日はほかの出演者の衣装の仮縫いもしなきゃいけないから、忙しいんです！　次はカラフ王子の仮縫いです！」

「きゃ〜、楽しみ！　キタオオジ先生を綺麗にするのもめちゃくちゃ楽しいけど、僕らの好みで言ったらアレッシオ先生だもんねえ！」

「いや〜、仮縫いの時にも見たけど、アレッシオ先生ってほんとにいい身体してるんだもん！　ドキドキするう〜！」

三人は乙女に戻ってきゃあきゃあ言いながら更衣室を出て行く。オレは手の中に残された、ただのぺらりとした布を見下ろして暗澹《あんたん》たる気分になる。

……ああ、やっぱり何があっても断るんだった……っ！

オレは思いながらも、後ろにあるボディに着せられた衣装を振り返る。

……いや、まあ……たしかにすごい衣装なのは認めるけど。

最初に着るのは、身体に張り付く肩紐のないロングドレスみたいな形の衣装で、靴の先がちょこっと出るくらいの丈だ。ずっしりと重い上等の真紅のシルクで作ってある。その上に、チャイナファンタジー映画のお姫様みたいなイメージのオリエンタルなローブを着て、豪華な金色の帯をウエストに結ぶ。ローブは中の服と同じ真紅のシルクで、襟《えり》や袖に豪華な刺繍《しゅう》が施してある。袖は日本の着物の振袖に似た形だけど、もっと幅が広く、丸みを帯びて豪華なものだ。

ボディに着せられたローブは、鎖骨の辺りから肩ギリギリまでが大きく露出するようにはだけられて、すごくセクシーな感じ。前回の仮縫いでもそうやって着付けられた気がするから、それが完成形なんだろう。前の合わせは腿の半ばあたりから二つに分かれて後ろに広がる。まるでウエディングドレスみたいに長いトレーンが後ろに続き、ものすごくゴージャス。だけど、かなり気をつけないとほかのキャストに踏まれそう。

この衣装のほかに、頭には中国風のデザインの大きな金色の王冠を被《かぶ》る。王冠と髪飾りが一緒になったような感じで、王冠の部分は透かし彫りでかなり大きい。よく見ると細かい花がたくさん咲いているデザインだ。横に張り出した飾り部分からは、真珠や瑪瑙《めのう》や翡翠《ひすい》の珠が、まるで滝みたいに豪奢に流れ落ち、襟まで届いている。さらに小道具として瓢簞《ひょうたん》みたいな独特の形の、金色の中国風の団扇《うちわ》を持つ。冠と似たデザインで、要《かなめ》の部分から小型の真珠を通した飾り紐が下がっている。これらはきっと、小道具チームの苦心の作だろう。

襟元や合わせ、長く垂れた袖、帯や後ろに続く裾にはいかにも手縫いらしい凝ったデザインの金色の刺繍が施されている。いくら手作業が好きなあの三人でも、これを作るのはそうとう時間がかかっただろうし、ものすごく大変だったはず。

……これって、たくさんの生徒達が力をあわせて作った一つの渾身の作品なんだよなあ。だから彼らは完璧を求めてくるわけで……。

オレは、それらを見ながら改めて思う。

……それを、ちょっと恥ずかしいからって拒否するのは、やっぱりオレのワガママ？　校医として失格なのか？　でも……。

オレが手の中の薄布を見下ろし、こんなものを巻いただけで、下着なしで舞台に上がることを想像する。

……それってやっぱりめちゃくちゃ恥ずかしいだろう。トランクスがダメならせめて水着を着ていいか、聞いてみて……。

オレが思った時、壁の向こうから黄色い声が響いてきた。

「きゃ〜！　カラフ王子、完璧ですう〜！」

「アレッシオ先生、ハンサムだし、筋肉質だし、こういうオリエンタルな衣装が本当に似合いますう〜！」

「ワイルドで格好いい！　みんな見とれますよ！　僕も見とれちゃう〜！」

考え事に夢中で気づかなかったけれど……アレッシオの衣装の仮縫いは、すぐ隣の更衣室で行われていたらしい。

「こっちの旅装は完璧にオッケーですね！　そしたら次は、自分が王子だと明かした後、最後の王宮のシーンで着る豪華なほうの衣装の仮縫いです」

シュルシュルという衣擦《きぬず》れの音がして、アレッシオが服を脱いでいるのがわかる。彼の逞《たくま》しい身体をふいに思い出して、頬がカアッと熱くなる。

ヴェルサーチェが、なんだか得意げな声で、

「本番前にスムーズに脱ぎ着ができるように、本格的な漢服ではなくて、いろいろアレンジを加えてあるんです。ここの内側のスナップボタンをこうやって留めて……あと、帯もフック式になってますから、こうやって留めてから、後ろに回してもらえれば」

オレは聞こえてきたその言葉に、ついつい聞き耳を立ててしまう。

「当日、僕らもできるだけお手伝いしますが、なにしろキャストが多くて……トゥーランドット姫とカラフ王子のほかに、メインだけでもリュー、ティムール王、アルトゥーム皇帝、それに大臣のピン、パン、ポンの三人……」

「メインだけでもそんなにいて、さらに、別の家臣と、兵士と、民衆と……」

三人は言って、苦労を思い出すように揃ってため息をつく。

「その衣装を、すべて三人だけで作ったのか？」

アレッシオが驚いたように言う。チェンが、

「さすがに全部は無理なので、兵士や民衆の衣装は演劇関係の衣装屋さんからレンタルしました。父の知り合いに頼んでいるので、お金は受け取ってもらえませんでしたが。聖イザーク学園の学園祭のオペラのための衣装って言ったら、喜んで無料で貸してくれたんですよ」

嬉しそうに言う。スミスが、

「本当にありがたいよねえ。あと、王様と皇帝と大臣達の衣装は、芸術学科の後輩達がおおよそのところを作ってくれて、僕達が仕上げてます。いろいろと凝ってるのでこっちにもかなり時間がかかってるんですけど」

準備期間とはいえ、授業はきっちり受けなきゃいけない。その後での作業だから、そうとう大変なはず。

……あいつらがこんなに頑張ってるのに、オレ……。

さっき子供じみたことを言ってしまったことを思い出し、オレはなんだか申し訳ない気持ちになる。

「はい、できました。……ああ、やっぱり素敵……！」

「これじゃあ、トゥーランドット姫も惚《ほ》れちゃうよねえ！」

「っていうか、観客全員、メロメロじゃない？　いや、僕もなんだけど……！」

三人がうっとりした声で口々に言っている。

「アレッシオ先生、けっこう渋いから、こういう豪華な衣装って嫌がられるかと思ったんですけど……本当に大丈夫でした？」

ヴェルサーチェが、彼らしくないちょっと遠慮がちな声で言う。アレッシオが小さく笑うのが、聞こえてくる。

「たしかに、あまりにも豪華すぎて最初は驚いたけれど……」

アレッシオは優しい声で小さく笑って、

「君達や、小道具のスタッフが一生懸命作った作品だ。もちろん喜んで着させてもらう。これに見合う演技と歌を披露できるように、稽古を頑張らなくては」

アレッシオの言葉が、オレの胸を熱くする。

……彼は正しい。そうだよね。

オレは鼓動が速くなるのを感じながら、思う。

……校医なのになんでオペラの練習なんか、と思って、オレは大人気なく意地を張っていた気がする。でも考えてみれば、校医だから学園祭を楽しんじゃいけないなんて決まりはない。オレも生徒達と一緒に、頑張って劇を作り上げ、成功させるべきなんだ。

オレは思い、それから手の中の布地を見下ろす。

……オレは男だ！　こんなものにビビってどうする！

オレは自分に言い聞かせ、靴と靴下を脱ぎ捨てる。着ていた服を脱ぎ、そして思い切ってトランクスも脱いで床に放る。

腰にシルクの布を巻きつけ、キュッと紐を縛る。下半身全体がラップで巻かれたみたいな感触に違和感を感じるけど、ピシリと背筋が伸びるのも確かだ。

オレは上半身裸のまま、腰布だけを着けて衣装がかけてあるボディまで歩くけど……きっちりと腿をつけておかないと布が大きくはだけてしまう。だからどうしても、いつもみたいに思い切っては歩けない。腿を擦り合わせるようにしてつま先をスッと一直線に出していけば、裾を乱さずに前に進むことができる。壁一面に設置されている鏡で確認すると、たしかにこう歩くと、まるでオレじゃないみたいにおしとやかに見える。三人が言っていたのはこのことなんだ、とオレは感心する。

「へえ、こうすれば、オレもまんざらでもないんじゃない?」

オレは面白くなってそのまま部屋を往復するけれど、ふいにノブを回す音がして、驚いて立ち止まった。ノックもなしにいきなりドアが開き……。

「……あっ!」

入ってきたのは、見覚えのある二年生の生徒。学生会長のシャムス・アル・ディーンだった。カフェオレみたいな色の肌と癖《くせ》のある黒髪をしたハンサムで、白の制服を凜々《りり》しく着こなしている。性格は温厚で頼りがいがあって、生徒達の信頼もあつい。

彼はオレを見てものすごく驚いた顔をする。それから、床に脱ぎ散らかされた服と、上半身裸のオレを見比べる。

「あ、ごめん！　ちょうど衣装の仮縫いの途中だったんだよ！」

オレが言い訳をすると、アル・ディーンは苦笑して、

「こんなに脱ぎ散らかして。先生は本当に少年みたいですね。……これは僕が拾っておきますから、どうか衣装を着てください」

言いながら、床に散らばっているオレの服を拾い上げてくれる。

「あ、ほんとに？　ごめん。さすが学生会長は気がきくなあ」

オレは言いながら、ボディにかかっている衣装を外して脇のソファに広げていく。さっき聞こえてきた隣の更衣室の会話を思い出しながら衣装を見ると……帯や合わせにはちゃんとボタンやフックがつけられて、簡単に着られるようになっていた。オレは前の仮縫いの時の手順を思い出しながら、衣装を身に着けていく。

「……で？　更衣室に何か用事だった？　別の劇の衣装合わせとか？」

鏡を見ながら言うと、アル・ディーンは、

「いえ、今日は仮縫いだと聞いたので、先生の衣装姿を確認しておこうかと」

オレはその言葉に驚いてしまいながら、

「いや……たしかに肩ははだけた感じだし、下着はちょっと変わってるけど……これは芸術

原作：東野圭吾
作画：浅井蓮次
［プラチナデータ］
監修：『プラチナデータ』製作委員会
いくえみ綾［トーチソング・エコロジー］／船戸明里［Under the
Rose ～春の賛歌～］／日丸屋秀和［ちびさんデイト］／新井理
恵［お母さんを僕にください］／KUJIRA［てのひらのパン］／紺
野キタ［つづきはまた明日］／石川チカ［KOBAN］／山本小鉄子
［ハニースウィート・キッチン］／氷栗優［ゴージャス・カラット
～青のカランクー～］／小嶋まり［なめこ文學全集 なめこでわかる名作文
学］／キリエ［江戸モアゼル］／水元ローラ［Call me by name］
★よみきり 記田あきの［笑うべからず］
★リレーエッセイ たなと
comic スピカ
Spica
No.16
●書籍扱い●A5判●819円(本体価格780円)
2013年2月28日(木)ごろ発売!!

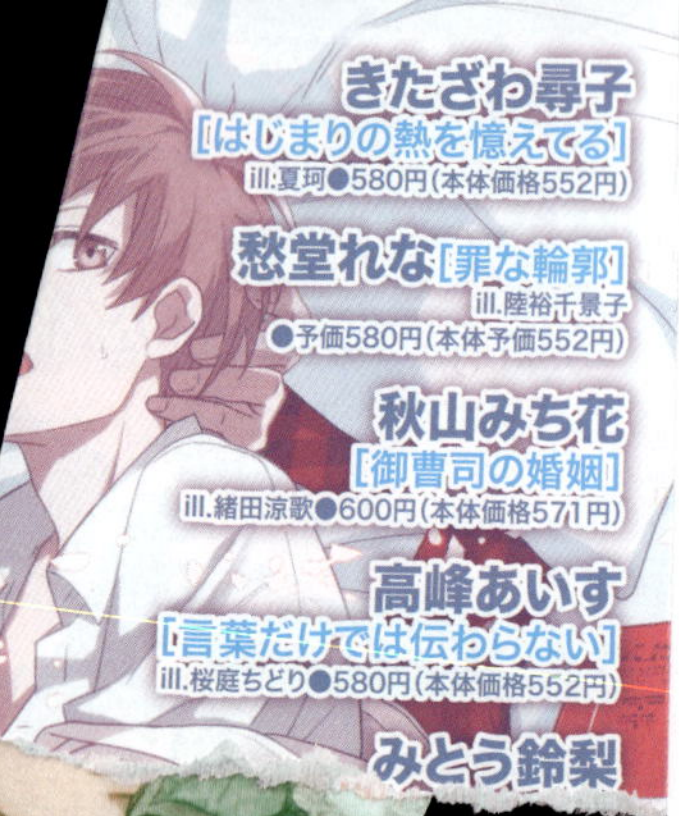

きたざわ尋子
［はじまりの熱を憶えてる］
ill.夏珂●580円(本体価格552円)
愁堂れな［罪な輪郭］
ill.陸裕千景子
●予価580円(本体予価552円)
秋山みち花
［御曹司の婚姻］
ill.緒田涼歌●600円(本体価格571円)
高峰あいす
［言葉だけでは伝わらない］
ill.桜庭ちどり●580円(本体価格552円)
みとう鈴梨

巻頭カラー
センターカラー
平喜多ゆや
みつば樹里
新連載
秋葉東子
［天然素材のきみとぼく］
新連載
【最終回】
田倉トラル／モチメ子
【シリーズ読みきり】
雁須磨子／三崎汐／永住香乃／コウキ。
【読みきり】鍬ヨウ／内田つち
【大好評連載陣】
日高ショーコ／葉芝真己／水名瀬雅良／山本小鉄子
松本ミーコハウス／ARUKU／田中鈴木／九號／せら
テクノサマタ／奥田七緒／元ハルヒラ／四宮しの
吹山りこ／梅太郎／花田祐実／金田正太郎
★表紙／松本ミーコハウス ★ピンナップ／穂波ゆきね
ルチル
Rutile
vol.52
◆奇数月22日発売◆隔月刊
大好評発売中!!
キュート&スウィートなボーイズコミック♥
特別定価780円
(本体価格743円)
(応募者負担あり)
W全サ
表紙イラスト図書カード応募者全員サービス実施
ルチル雑誌化50号記念表紙イラスト集全サ実施
最新情報はこちら▼
［ルチルポータルサイト］
http://rutile-official.jp

のためであって……」

慌てて言うと、アル・ディーンは楽しそうに笑って、

「わかっています。あ、一応チェックをして回っているのですが……」

彼は、ロングドレスみたいな衣装を着けたオレの、胸の辺りを見ながら、

「胸に、女性モノの下着を着けていませんか？　副学園長のご意見で、今回からそれは規定違反になったんです。胸を膨らませたい場合は、布などを詰めるようにしてください」

「あ、そうなの？　それは大丈夫……だけど……」

「だけど？」

アル・ディーンが真顔になって言い、オレは慌てて、

「日本古来のものと同じ形式の下着で、コシマキっていうものを着てるんだけど……」

「コシマキ？」

「要するに、パンツをはかないで、絹の布を巻いてるんだ。もしも規定違反なら、ヴェルサーチェ達に言ってみるけど……」

「でも、それは日本古来のものと同じなんですよね？」

アル・ディーンはにっこり笑って言う。

「それなら、僕から副学園長に言っておきます。決していかがわしい衣装ではなかったと」

「それは助かる！　頼むよ！」

言いながらローブを羽織る。帯をウエストに巻き、フックを留める。試しに歩いてみると、帯が少しゆるいみたいでだんだん襟の形が崩れてくる。

「ううん、ちょっとゆるいかな？　調整しないと……ん？」

オレは鏡に映ったアル・ディーンがオレを見つめていることに気づいて振り返る。

「まだ何か用事か？　襟、はだけすぎ？」

「いいえ……とても綺麗で見とれていました。色が白いから、赤がよく似合うんですね」

うっとりした声で言われて、オレは笑ってしまう。

「そりゃどうも。気を使ってくれてありがとな。さすがは学生会長」

アル・ディーンはなぜか急に真面目《まじめ》な顔になって、

「お世辞ではありませんよ。それだけはきちんと言っておきます。……少し長居をしすぎました。ほかの劇の衣装もチェックに行かなくてはいけませんので」

「あ、ちょっと待て！」

踵を返そうとする彼に、オレは慌てて言う。

「もしも、リューの衣装をチェックするなら、更衣室に入る前に、ちゃんとノックしろよ。遥の着替えを見たらコロス」

彼は楽しそうに笑って、そのまま更衣室を出て行く。

……あいつ、返事をしなかったな。まさか、遥狙いか？

オレが警戒した時、ノックの音が響いた。

「先生～、入って大丈夫？　もしかして脱いでます？」

聞こえてきたのは、ヴェルサーチェの声だった。

「入っていいよ。もう着替えた」

オレが言うと、ドアが開いて三人組が入ってくる。彼らの後ろには、衣装を着けたままのアレッシオがいた。

「……あ……っ」

アレッシオが着ているのは、黒と赤を基調にした衣装だった。白いシルクのチャイナカラーのシャツの上に、紅い襟がついた漆黒《しっこく》の長い上衣を合わせている。男性用の衣装は襟元まできっちり閉じられていて、紅い帯を締めている。帯から身体の前面に垂らされ、龍の刺繍が施された金色の幅広の布が、全体の豪華なアクセントになっている。襟、帯、袖の先の部分は揃いの紅い布で作られていて、そこにはものすごく繊細な中国風の刺繍がびっしりと施されている。

イタリア人のアレッシオは、もちろん欧米人らしい彫りの深い顔立ちをしているけれど、どこかにアジアの静謐《せいひつ》さを湛《たた》えているような落ち着いた雰囲気がある。高貴なイメージの美貌と逞しい長身に、その衣装は本当に似合っている。凜々しくて、それだけじゃなく、ものすごくセクシーで……。

「……へえ、格好いいな……」

オレの唇から、かすれた声が漏れる。黙ったままオレを真《ま》っ直《す》ぐに見つめていたアレッシオが、まるで夢から覚めたように瞬《まばた》きをし、それからやっぱりかすれた声で言う。

「先生こそ、とても素敵です」

キャアーッという黄色い悲鳴が上がり、オレはハッと我に返る。三人組は頬を染めながら、口々に、

「お二人とも、ものすごくお似合いです。本当の王子様とお姫様みたい！」

「見ているだけでドキドキしちゃう……！」

「いや、もういいから。それより、直してほしいところがあるんだけど、いい？」

オレが言うと、彼らは急に真剣な顔になってうなずく。ヴェルサーチェが、

「もちろん。僕らは完璧を目指してますから」

「そしたら、帯のフックの位置を直してくれないかな？　ウエストがちょっと緩いみたいで、動いてると襟がグズグズになってくるんだ」

「もちろん了解です。……そしたら調整しますね。ほかにも気づいたことあったら、なんでも言ってください」

三人はてきぱきと働き始める。さっき漏れ聞こえてきた、トゥーランドット姫とカリフ王子の衣装だけは三人だけで作ってるという言葉を思い出す。

「これって、三人だけで作ったのか？」

オレが言うと、三人は揃ってうなずく。ヴェルサーチェが帯を調整してくれながら、

「もちろん、出演者全員分ではありませんが……トゥーランドット姫とカラフ王子の衣装は、僕らだけで作りました。僕らにとっても挑戦ですから」

「挑戦？」

「いつもは授業と課題をこなすことに追われていて、好きなことばかりができるわけではありません。だからやっぱりストレスが溜《た》まります」

「まあ、先生の白衣に刺繍をしたり、好みの生徒の制服のボタンをつけてあげたりして、ちょこちょこストレス解消はしてますけどね」

チェンが口を挟み、ヴェルサーチェに横目で睨まれている。ヴェルサーチェが、

「コホン。だから、今回みたいな大作を作れるのは、学園祭の時だけなんです。三人ともゴージャス系のものが好きだから、とても楽しかったですよ」

「楽しかった、とか過去形にしたらダメだろ？　まだまだ本番までに直しがいろいろあるんだから」

スミスが、床に膝《ひざ》をついて、オレの衣装の裾にマチ針を打ちながら言う。どうやら彼が目指しているものよりもほんの五ミリくらい長かったらしい。ヴェルサーチェとチェンがうなずいて、

「そうだった。まだまだ忙しいよね」

「……っていうか、あと五分で別の更衣室にリューとティムール王とアルトゥーム皇帝が来るよ！　ジョシュア達に仮縫いを任せるのは不安だ！」

マチ針を刺し終わったスミスが言って、立ち上がる。

「さて、これで最終仮縫いは完了です。衣装は脱いだら、ボディにかけておいてください。後で回収して最後の仕上げと直しをします」

「そっかあ。……おまえら、本当に偉いよな」

オレは、なんだか心から言ってしまう。

「おまえらの職人技に敬意を表して、おまえらが用意したあの下着で本番もやるから」

「えっ？」

三人がものすごく驚いた顔でオレを見る。それからなぜかものすごく嬉しそうに、

「わあ、立ち方がいい感じだと思ったら、やっぱりあれにしてくれてたんですね？」

「すごーい！　本番も楽しみですよ！」

「絶対いい演技ができますからね！」

三人は口々に言い……そして更衣室を出て行く。黙っていたアレッシオが、ふいにオレを振り向いて、

「あの下着……というのは？　まさか女モノの下着を着けているなどということはありませ

んよね？　あの三人が選んだものなら、とてもきわどい気がしますが？」

アレッシオは言いながら、チラリとオレを睨む。

「……俺以外の男に色っぽい姿を見せたら、お仕置きをしますよ？」

流し目みたいな凄絶な色気に、心臓がドクンと跳ね上がってしまう。

……うわあ、下着なしで布だけ巻いてるなんて知られたら何されるか解らない！

オレは慌ててかぶりを振る。

「違う違う、女性用じゃないし！　それに別にやらしい下着でもないってば！　さっき、学生会の許可ももらったし！」

オレが言うと、アレッシオの眉間にふいに不愉快そうな皺《しわ》が寄る。

「さっき？　学生会の誰かがここに来たんですか？」

「ああ……おまえが仮縫いしてる最中にな。着替えてたら、アル・ディーン会長がいきなり入ってきて、ついでに衣装チェックをしていった」

「アル・ディーン本人ですか？　あなたが誰かと話しているのが微かに聞こえてきていたのですが……相手はアル・ディーンだったんですね」

なぜか怒ったように言われて、オレは思わず目をそらす。

……上半身裸のところをしっかり見られたけど……それは秘密にしておこう。絶対に妙な誤解をされて、お仕置きされる！

「ええと……オレは聞いてなかったんだけど、今回って女性モノの下着禁止になったみたいだな！　ちょっとびっくり！」

オレが言うと、アレッシオがなぜかとても驚いたように、

「それは本当ですか？　副学園長が、そういう規定を作ったとか？」

彼らしくない対応に、なぜか胸が熱く痛む。

「何をそんなに驚いてるんだよ？　もしかしておまえも出演者に女性用下着を期待してるクチ？　わ〜、やらしい〜、何それ〜？」

思わず睨んでしまうと、アレッシオは苦笑して、

「嫉妬してくれるんですか？　それは嬉しいですけど……」

ふいに近寄ってきて、オレの顔を間近に見下ろす。

「……そんな可愛い顔をされると、このまま衣装を引き剥《は》がしたくなりますよ」

ものすごくセクシーで、ちょっとS気味な目で見つめられて、身体がジワリと痺れる。

「……バ、バカ。衣装を乱暴に扱ったら、あの三人にコロされるぞ」

「ええ。ですからさっさと着替えることにしましょうか」

アレッシオは身をかがめて、オレの額に軽いキスをする。

「ただでさえ、あなたの麗しい姿に発情しそうなんです。……綺麗ですよ」

耳元で囁かれて、鼓動がどんどん速くなる。

「だからやめろって。ただでさえ、衣装が似合っていて見とれそうなんだから」

彼はクスリと笑って踵を返し……それからふいに振り返る。

「ああ……演出家からの伝言で、仮縫いが終わったら第二講義室で稽古だそうです」

「うわあ、本当に容赦ないスケジュールだなあ」

オレは思わずため息をつきながら言う。今回の舞台の演出をする二年生、テオドール・ザネッティの父親は、オスカーを何度もとったことのある、美麗な作風で有名な映画監督。父親からその世界観を学んできたザネッティの演出はとても学生とは思えないほど見事だけど……でも本当に厳しい。生徒だけでなく、一応教師であるオレとアレッシオにも容赦なく言葉のムチが飛ぶ。毎回、落ち込むなんてもんじゃない。

「その分、いい仕上がりになるといいですね。……俺は、自分の演技だけでなく、歌の方もとても心配なんです」

オレが歌うアリアは、もともと女性のために作られたもの。だから聞いてるほうもかなり割り引いてくれそうだろうけど……カラフ王子の歌う『誰も寝てはならぬ』は、この舞台のメインともなるところ。大ファンもたくさんいる歌だし、失敗は絶対に許されない。その証拠に、演出のザネッティと、音楽監督のアルネ・シュトラウスの二人から、アレッシオはしごかれまくりだ。まあ、もともとアレッシオはプロの歌手並みの歌唱力を持っている。レベルがほかの出演者よりも（特にオレより）格段に上だから、きっと二人も張り切ってるんだろうけどね。

「おまえは大丈夫だろ。それより問題はオレだよ」

オレはため息をつきながら言う。歌の問題もある上に、膨大な量の台詞が、なかなか覚えられないいんだ。

「医学生時代はなんでも吸収した気がするんだけど、ま、頑張ろうぜ」

オレはアレッシオの肩を叩く。アレッシオはなぜか笑みを深くして、

「そんなことをされると、学生時代を思い出します。テストの前、いつもあなたはそうやって肩を叩いてくれて……そのおかげで俺は、いつも一位を取ることができました」

「なんだそれ、自慢？　入学試験から卒業試験まで、常に満点しかとらなかったことに対する？」

オレがチラリと睨みながら言うと、彼は、

「入学試験はたまたまですが、それ以外はすべてあなたのおかげです。俺にとって、あなたはいつまでも特別だということです。……着替えたら、部屋の外で待っています。一緒に行きましょう」

彼は言って踵を返し、そのまま部屋を出て行く。美麗な衣装に包まれた後ろ姿はやけに格好よくて、オレは思わず見とれてしまい……。

「いや、それどころじゃない！　オレはあいつみたいな天才じゃないんだからな！」

アレッシオ・リッツオ

「ああ〜！　僕が求めるものと何かが違うんですよ！」

音楽監督のシュトラウスが、両手で髪をかき乱しながら叫ぶ。

「たしかにアレッシオ先生はものすごく演技がお上手です。『誰も寝てはならぬ』もたいへんお上手に歌い上げてます。でも……っ！」

『誰も寝てはならぬ』を歌う場面で、もう五回もやり直しがかかっている。スタッフはもちろんだが、その先を稽古したいはずのほかのキャストにも、とても申し訳ない。

「シュトラウス、いったい何が不満なんだよ？　ちゃんと具体的に言わないと、アレッシオも直しようがないだろ？」

圭が助け舟を出してくれるが、シュトラウスは難しい顔で、

「『誰も寝てはならぬ』は、トゥーランドット姫に恋をしてしまったカラフ王子が、彼女にならば命を捧げてもいいという気持ちで歌っている歌です。姫との勝負には勝ったので、本当なら無理やり姫を自分のものにしてもいいのに……それをせず、朝になったら彼女に自分の

名前を教えてあげよう、という意味の……限りない愛と、苦しみと、さらに王子の包容力が感じられる歌です。でも、カラフ王子は自分の勝利を確信して、最後は『自分は勝つ』と高らかに宣言しています。でも、アレッシオ先生のは違うんです！」

「違うって、何が？」

圭が不思議そうな顔で言う。シュトラウスは難しい顔で、

「アレッシオ先生の歌は、なんだか本当に苦しそうなんです。トゥーランドット姫への愛と苦しみは十分に伝わってくるんですが、まだ勝利を確信できずに苦悩している途中というか……聴いていて、なんだか泣きそうになります」

その言葉に、俺は思わず苦い思いで笑う。

「わかった。心当たりがある。少しカラフ王子の心理を考えてみるよ」

俺の言葉に、シュトラウスはホッとため息をつく。練習はそれでお開きになり、俺と圭は並んで練習室を出る。

「おまえ、上手だよ。いつも聞き惚れてる」

圭が、歩きながら言う。

「おまえの歌を聴くと、すごくドキドキする。トゥーランドット姫も、おまえの歌を聴いたら、きっと一発で惚れちゃうよ」

その言葉に、俺は苦笑して、

「ありがとうございます。でも……あなたともっと一緒に時間を過ごさなくては、カラフ王子の気持ちを理解することができません。よかったら、これからデートをしませんか？」

「なんだよ、それ？」

「あなたの心がいつかは手に入れられるかもしれないと、自分に言い聞かせなくては。……これからサントリーニ島に渡ります。何もしませんから、一緒に週末を過ごしてください」

俺の言葉に、圭は苦笑する。

「わかったよ。ほかならぬカラフ王子の頼みだ。聞いてやろう」

その言葉に、俺の心に喜びが広がる。

……いや、彼の心を手に入れるまでは、浮かれていてはいけないんだ。

北大路圭

「……本当に、綺麗な場所だよなぁ」

オレは、月明かりに照らされたエーゲ海を見渡しながら言う。

アレッシオが連れて来てくれたのは、サントリーニ島の小さな湾に面したホテル。緩い弧を描く海岸の向こう側には、観光地として有名な場所がある。海から続く丘に張り付くようにして並ぶのは、純白の壁とブルーのとんがり屋根を持つ家々。月の柔らかな光に照らされて、まるでお伽噺《とぎばなし》の中に入り込んでしまったかのように美しい。

アレッシオが予約したホテルの部屋。オレ達は、海に張り出したテラスにいた。

「聖イザーク学園は、世界一の学校だと思います。少なくとも、俺は」

向かい側に座ったアレッシオが、海を見つめながら呟く。彼の長い指には、煌《きら》めくバカラのグラス。中に入っているのは、丸く削った大きな氷と、美しい琥珀色《こはくいろ》の酒。年代物のバーボンウイスキーだ。前に会った時のアレッシオはまだ未成年だったし、イザーク島ではアルコールが飲めない。だから彼が酒を飲んでいるのを見るのは、これが初めてだ。

「おまえが、そんな小洒落た物を飲むなんてな」

オレが言うと、彼は不思議そうな顔をし、それから自分の手の中のグラスを見下ろす。

「ああ……そういえば、あなたの前でアルコールを飲むのは初めてですね。これは祖父が好きな銘柄のバーボンなんです。ずっと憧れていたので、成人したその夜に飲みました」

……成人した、その夜？

オレの胸が、なぜかチクリと痛む。

アレッシオの誕生日は、十二月一日。それを、オレはなぜかずっと忘れられなかった。彼が成人した年の十二月一日、オレはなぜか、一日中彼のことばかり思い出していたのを覚えている。なぜか彼から連絡があるような気がしていたが……なんの音沙汰《おとさた》もなかった。

……そう、卒業した後のアレッシオは、電話はもちろん、手紙もメールもよこさなかった。だから、オレのことなどすっかり忘れていたと思っていたんだ。

「二十歳《はたち》の誕生日は、ハーバードの寮で迎えたのか？　どうせ、仲間とどんちゃん騒ぎでもしてたんだろ？」

オレが言うと、アレッシオはなぜか苦い顔で笑って、

「寮で迎えられたら、まだよかったんですが……一週間前からイタリアの実家に呼び戻されて、連日のパーティーでした。うるさい親戚達に囲まれて大変でした」

「おまえ、大富豪の御曹司だもんな」

アレッシオが、やけに真剣な顔でオレを見つめてくる。オレは動揺してしまいながら、

「な、なんだよ？　事実だろ？　あ、言っておくけど、うちの北大路《きたおおじ》家だって、日本国内じゃ、割と金持ちなんだぞ。だから別にひがんで言ってるわけじゃなくて……」

「そうではなくて。あの日、何を考えていたかを、思い出したんです」

アレッシオはオレの言葉を遮り、それからなぜかとても切なげな顔になる。

「な、何考えてたんだよ？」

「あなたのことばかり考えていました。あなたに電話をしたかった。そして、『俺は大人になりました』と言いたかった。でも……どうしてもできなかった」

その言葉に、オレの鼓動が速くなる。

……オレがずっと思い出している間、こいつもオレのことを……？

「二十歳になったからといって、何が変わるわけでもありませんでした。年齢ではなくて本当に大人になるまであなたには会えない……そう思って、我慢したんです。でも……」

アレッシオは複雑な表情でオレを見つめ、ふと寂しげに笑う。

「……今もまだ、きっとあまり変わっていません。あなたに、振り向いてほしいのに」

その切なげな声が、オレの心をズキリと痛ませる。

……ああ、こいつといると、オレは本当に変になる……。

「おまえ、本当にカラフ王子に似てるよな。その無意味に一途なとこ」

オレは思わず言ってしまい、彼の驚いた顔を見て苦笑する。

「いいから、練習するぞ。台本、ちゃんと持ってきたんだろ?」

オレの言葉に、アレッシオは複雑な顔をし、それから、

「あなたとのハネムーンのつもりだったんです。だから置いてくる予定だったんですが」

「いいから、さっさと台本を出せ。周囲に丸聞こえだから、アリアは勘弁してやる。せめて盛り上がるシーンの台詞だけでもチェックしておこうぜ」

彼は立ち上がり、リビングに置いてあった二人分の荷物を持って戻ってくる。オレ達はすっかりヨレヨレになった台本を出し、二人が出演している場面の台詞合わせを始める。

『トゥーランドット』の初演は、一九二六年。ミラノ・スカラ座。作曲は、あの有名なジャコモ・プッチーニ。古今東西で愛されてきた本格的なオペラだけど、今回のは、それを一時間ほどに短縮できるように脚本を書き直したダイジェスト版だ。

『トゥーランドット』のあらすじは、簡単に言えばこんな感じ。

舞台は、古代の中国に似たある国。美しさと聡明さで名を知られたトゥーランドット姫のもとには、世界中の王子が求婚のためにやってくる。しかしトゥーランドット姫は彼らの求婚には応じず、その代わりに勝負を挑む。三つの質問に答えられれば結婚する、答えられなければ命を奪う、というもの。トゥーランドット姫の出す難問に王子達は誰も答えられず、彼らは次々に処刑されてしまう。姫の父親である皇帝アルトゥーム、そして家臣や国民達は、

トゥーランドットの氷のような冷たさに心を痛め、彼女が愛を知り、優しい女性になってくれることを望んでいる。

アレッシオが演じるカラフ王子は、『名のない王子』として登場する。身分を隠した旅の途中、麗しいトゥーランドット姫を偶然に見かけ、彼は一目で恋に落ちる。そして父親であるティムール王やその女召使のリューが止めるのも聞かず、トゥーランドット姫の求婚者として名乗りを上げてしまう。

トゥーランドット姫はカラフ王子を見た瞬間、なぜか心に迷いが生じるのを感じる。そして、自分がなぜ求婚者達に難問を出すかを語る。この国は昔、敵国に侵攻されたことがある。その時、麗しく聡明なロウ・リンという姫が男達の手によって非業の死を遂げていた。自分はロウ・リン姫の生まれ変わりと信じていたトゥーランドット姫は、男達への復讐を心に誓っていた。求婚してくる王子達は、トゥーランドット姫にとってはこの国と彼女自身を奪おうとする侵略者。難問を出し、彼らの命を奪うことは、ほかに戦うすべを持たない彼女なりの強い抵抗だった。

そして、トゥーランドット姫はカラフ王子に三つの難問を出す。聡明なカラフ王子はすべての問いに正解し、その勝負に初めて勝利する。アルトゥーム皇帝や家臣達、それに国民達は、カラフ王子ならトゥーランドット姫の氷のような心を溶かしてくれると思い、二人の結婚を心から歓迎するけれど……トゥーランドット姫は、結婚など絶対に嫌だ、と激しくカラフ王子を拒絶する。

勝負に勝ったカラフ王子は、強引にトゥーランドット姫を自分のものにすることもできた。でもトゥーランドット姫の心が欲しかった彼は、姫にもう一度だけチャンスを与える。「朝までに私の名前がわかったら、勝負はあなたの勝ちです。私はあなたに命を捧げましょう」と。トゥーランドット姫は家臣達に「誰も寝てはならぬ、あの男の名前を知る者をなんとしても探し出せ」という命令を出す。ここでカラフ王子が歌うのが、あの有名なアリア、『誰も寝てはならぬ　～Nessun dorma～』。「夜明けと共に、あなたの唇に私の名前を告げよう。その口づけが沈黙の終わりになり、私はあなたの心を得るのだ」という意味の歌詞。夜明けにはトゥーランドット姫がその氷の心を溶かし、自分を愛してくれるだろうと信じて歌うその歌は、力強くて、包容力に溢れていて、聴くたびに胸が痛くなる。

……やっぱり……アレッシオは、カラフ王子に相応《ふさわ》しいかもしれない……。

オレは、劇の練習でアレッシオの歌声を聴くたびに、そう思ってしまう。

美しいけれど、氷のように冷たい心の姫君。だけどカラフ王子は相手が振り向いてくれることをひたすらに信じ、愛と引き換えになら、命すら捧げる覚悟で……。

……なんでそんなに一途なんだ？　カラフ王子も、アレッシオも、バカすぎる！

オレは、なんだか心が痛むのを感じながら思う。

トゥーランドット姫は、美人だし、聡明だし、凛々しいからまだしも……アレッシオが一途に求愛しているオレは、口は悪いし、すぐに手が出る乱暴者。だらしないし、ブラコンだし、校医としてもひどい。いいとこなんか、一つもない。

キャストに選ばれてから、毎日劇の練習が続いてるんだけど……アレッシオが演じるカラフ王子を見るたびに、なんだか泣きそうになる。オレはそんなに思ってもらえるような人間じゃないのに……って。

……アレッシオは、大富豪であるリッツォ家の嫡男《ちゃくなん》。そしてリッツォ・グループの次期総帥。ただの一校医なんかと、結ばれていいような人間じゃない。

台詞を読みながら、オレは胸が痛むのを感じる。

……閉鎖されたあの学園での時間は、きっと特別なものに思えただろう。少年のように純粋なアレッシオが、幻惑されてもおかしくない。でも……。

月明かりの下に、アレッシオの美しい声が響く。端麗な顔立ち、一途な瞳。こんな彼に愛を告げられて、心が動かない人間などいるわけがない。

アレッシオといる時、オレの胸には、とても不思議な感情が渦巻く。熱くて、甘くて、とても痛い。これを人は、恋と呼ぶのかもしれない。でも……。

……オレは、アレッシオの求愛を受け入れるべきじゃない。彼は一時の気の迷いでオレに愛を囁いていているだけに違いない。彼の目を覚まさせ、元の世界に戻してやるのがオレの年上としての義務なんだ……。

アレッシオ・リッツォ

夜明け前、俺はふいに目を覚ます。彼との時間を一秒でも無駄にしたくない、このまま朝まで起きていようと思っていたはずなのに……いつの間にか眠ってしまっていた。

オレはため息をついて寝返りを打とうとし……そしてふいに気づく。何かあたたかなものが、俺の身体にぴったりと寄り添っていて……。

規則正しい寝息、鼻腔をくすぐっているのは、爽やかなレモンと濃厚なハチミツを混ぜたような甘い芳香。俺は自分の胸を見下ろし……それから、思わず陶然とため息をつく。

圭は、まるで甘えん坊の仔猫のような姿で、俺の胸に顔を埋めて眠っていた。華奢《きゃしゃ》な指が俺の襟元をキュッと握り締めている。その姿を見た俺の心に……どうしようもないほどの憐《れん》憫《びん》と愛おしさが湧き上がる。

「……愛しています、先生……」

オレは囁いて、彼の柔らかな髪にそっとキスをする。

「……いつかは、あなたの心を手に入れてみせますから……」

「少しフライング気味なんですが……先生には先に教えてしまおうかな？」

月曜日。保健室にやってきたアル・ディーンが言う。風邪気味なので薬をくれと言って来たのだが……喉も赤くないし、聴診器で聞いた呼吸音にも異常はない。ごく初期か、でなければ仮病だろう。学生会のメンバーが彼の後ろにずらりと並んで立っていて、まるで王子様の御付きのSPのよう。まあ、こいつは国に戻れば本物の王子なんだけどね。

やけにもったいぶった口調に、オレはちょっと笑ってしまいながら、

「なんだ？」

「学生会は、学園祭がらみで、ある計画を提案しているんですよ。生徒達もきっと楽しんでくれると思うんです」

「提案？　今回の学園祭には、学生会もいろいろ企画を出したみたいだからな。で、今度はなんだ？」

オレが言うと、彼はにっこり微笑《ほほえ》んで、

「学園祭最後の夜に、全校生徒が参加する人気投票を行おうと思っているんです」

「人気投票？」

その言葉にオレはまた笑ってしまう。

「みんな、投票好きだなあ。最初はキング選挙、その次はオペラの配役選挙、今度は人気投票？　でもそれってキング投票とメンバーが普通に被るんじゃないか？」

「キングは、王様とは名ばかり、本当は寮長で、どちらかといえばただの雑用係です」

彼の言葉に、オレは少し驚いてしまう。

……そういえば、こいつは人気があるくせに、毎回選挙の前にキングを辞退する。学生会が忙しいからとか言ってるけど、実はこんなことを思っていたなんて。

「僕が考えたのは、王の中の王……キング・オブ・キングスと呼ばれる人間を決めるための投票です。これによって、学園内で一番人気があるのは誰なのかをはっきりさせようかと」

オレは、どうしてそんなことをわざわざ……と思い、ハッとあることに思い当たる。

「もしかしておまえ、カラフ王子をそんなにやりたかったのか？　アレッシオが選ばれたのが悔しいとか？　放送室にいたのに自分の歌が流されるのを止めなかったってことは、歌にはそうとうの自信があったんだろ？」

オレの言葉に、アル・ディーンの頬がびくりと引きつる。温和そうな顔に一瞬だけ浮かんだ苦々しい表情が、彼が実は苛烈な性格であることを表してる気がする。

「いいえ、まさか」

彼はすぐに笑顔を浮かべ、肩をすくめてみせる。

「たしかに僕は歌には自信がありましたが……アレッシオ先生は赴任してきたばかりで、生徒達は興味津々でした。だから彼が選ばれるのも無理はないかな、と」

……それって……。

オレは思わずアル・ディーンの顔を見つめてしまいながら思う。

……これって要するに……アレッシオが選ばれたのはたまたまで、本当なら自分があの役をやるべきだ……って言いたいんだよな？

「ああ、もちろんキング・オブ・キングスの候補には、教師陣も含まれています。あなたが選ばれるかもしれませんよ？」

「いや、オレはいつもシャレで票を取ってるだけだから。っていうか……」

オレは、アル・ディーンの執着を感じて、ちょっと鼻白んでしまいながら、

「……そんなに投票ばっかりしなくてもいいじゃないか。生徒はもう飽きてるんじゃないかな？　この間、『トゥーランドット』のキャストの投票があったばかりだし」

「いえ、これはいつもの投票とは違います。実は、キング・オブ・キングスに選ばれた人間には特権が与えられます。ですからきっと立候補者が乱立し、投票は荒れます。エキサイティングな催しになると思います」

楽しげに言われて、オレはなんだかすごく嫌な予感を覚える。

「ちょっと待て。特権ってなんだよ？」

アル・ディーンはオレを真っ直ぐに見つめたまま、にっこりと微笑む。

「キング・オブ・キングスは、最終日の舞踏会の後、意中の人を選んで一夜をともにできることにするんです。サントリーニ島への高速フェリーとサントリーニ・リゾートの一番いい部屋……エンペラーズ・スイートを予約します。教師達は学生会のメンバーが責任持って阻止し、妨害は入れさせません」

「ちょっと待て……なんだそれ……？」

オレは、愕然《がくぜん》としてしまいながら言う。週末にアレッシオと泊まっていたのは、隠れ家系のお洒落なホテル。星はそれほど多くないけれど、それでもけっこうな宿泊料をとられたはずだ。だけどサントリーニ・リゾートは、エーゲ海クルーズに来る王侯貴族が利用するための桁外《けたはず》れのホテル。すべての部屋が独立した広大なヴィラで、その中でも一番いいエンペラーズ・スイートは、たしか一泊だけで一千万円近くするはずだ。

「そんな莫大な金を、学園祭の予算や学生会の会費から出せるわけがないだろう？」

「うちの父が王族なのはご存知ですよね？　父は、今年もここの学園に莫大な寄付をしてくれるそうです。その前に、学生会を応援する意味でのカンパをしてくれました。学生会へのカンパは五十万アメリカドルくらいですから、本当にささやかですが」

五十万ドルといえば、日本円で五千万円近い。とてもささやかなんていう単位ではない。学園へはさらに膨大な金額の寄付を考えているということを示唆してるんだろう。

「そんなバカな計画に、許可が下りるわけがないだろう？　この学園の学生会には自治が認められているけれど、何をしてもいいというわけではないんだ。学生生活に影響が出そうな大きな企画は、必ず書類にし、副学園長のサインをもらわなくては実行できないはずだ。副学園長が、そんなものにサインをするわけが……」

「そんなこともありませんでしたよ」

アル・ディーンは笑いながら言い、制服のポケットから折りたたまれた書類を取り出す。そしてオレに向かってそれを広げてみせる。

「副学園長は、簡単にサインをくださいました」

オレは呆然としたまま書類を見つめ……それから、

「バカな！」

「ですからこれは、ただの人気投票ですよ。キング・オブ・キングスにはサントリーニ島で一泊する権利が与えられますが、その時に誰を連れて行くかは、本人の自由です。まあ、意中の人がいるなら、学生会はそれを応援しますけれどね」

彼はくすくす笑って、

「ああ……ホテルの部屋の前まで、彼らが二人を警護します。ＶＩＰの子息に何かあっては大変ですし、意中の相手が途中で逃げてしまっては興ざめですから」

アル・ディーンは、後ろに立っているメンバーを示す。格闘技でもやっていそうなこんないかついヤツらに囲まれたら、小柄な生徒などとても逃げられないだろう。

「要するに……相手が嫌がったとしても、拉致してホテルに連れ込めるということか?」

オレは背筋が寒くなる思いで言う。アル・ディーンは楽しそうに声を上げて笑い、

「だから。ただの人気投票ですってば」

「そんな詭弁が通用するか! オレが阻止してやる! おまえが何をたくらんでいるかを、副学園長に直訴して……」

オレの言葉を、アル・ディーンの笑い声が遮った。

「ははは、あなたは本当に楽しいな。……言い忘れましたが、副学園長は私の父の国、アル・ディーンの出身で、彼の一族は全員が王宮で働いています。副学園長が、父の命令に逆らえるわけがありません」

オレはその言葉に愕然とする。それから、

「それなら、ほかの先生方に直訴すれば……」

アル・ディーンはさらに楽しげに、

「いつも素行に問題のあるあなたと、優秀な学生会長の僕……先生方はどちらの言うことを信用するでしょうか? しかもあなたの言っていることにはなんの証拠もない。……『キン

グ・オブ・キングスが意中の人を思い通りにできる』というのは、生徒の間に広がったただの噂です。まさか校医のあなたが信じるなんて」

爽やかな口調で言われて、オレは思わず眉をひそめる。

「……なんでオレに聞かせた？　何が目的だ？」

「これまでの投票の結果を統計にまとめたところ、あなたと、弟の遥くんが桁外れな人気を誇っています。ああ……セックスで受けになりそうなタイプの中で、ですがね」

「受けになりそうなって……なんだよそれ？」

オレは血の気が引くのを感じながら言う。

「遥には、誰にも手を出させないぞ！」

「そう言うと思いました。いずれにせよ、あなたか遥くんが指名されると思いますので、今のうちに覚悟を決めておいたほうがいいかと。当日、あまり抵抗されても興ざめですしね」

彼は言って立ち上がり、メンバーを連れて保健室を出て行く。アル・ディーンの計画にも寒気がしたが、ほかの学生会のメンバーが顔色一つ変えなかったことが、オレはかなりのショックだった。学生会自体が、アル・ディーンの思うがままに動かされているんだろう。

「……あいつは絶対、自分がキング・オブ・キングスになるつもりだ……」

オレは閉まったドアを見つめながら、震える声で呟く。

「そして遥を拉致して、好きにするつもりなんだ。……そんなの、絶対に許さない！」

「……というわけなんだ。おまえなら、オレの言うことを信じてくれるだろう？」

放課後の保健室。オレはアレッシオに、昼間あったことをすべて話していた。

「副学園長は、『ただの噂で、学生会の自治を妨害する気ですか？』と逆ギレしてきたし、ほかの先生には『その噂ならもう聞きましたよ。おかしなことを考えるものですね』って笑われた。だから、取り締まろうにも尻尾がつかめないんだ」

アレッシオは難しい顔になって、

「事情はわかりました。ともかくあなたは、先走った行動には出ないでください」

その言葉に、オレはギクリとする。

「なんだよ、それ？」

「どうせ、何か計画を立てているのでしょう？」

「うるさいな！　投票の対象は生徒だけでなく、教師もなんだ！　それならオレが一番人気になればいいんじゃん！」

オレは拳《こぶし》を握り締めながら言う。

「やはり何かやる気ですね？」

「生徒達に、オレに投票するようにと言って回るだけだ！　オレの誘導フェロモンを全開にすればみんな落ちるはずだ！」

アレッシオは怒りを含んだ声で、

「どうしてそんな危険なことをするのですか？　やめてください」

「うるさいよ！　ともかく学園祭が終わるまで、オレには指一本触れるな！　フェロモンが減るからな！」

オレは叫んで、保健室を飛び出したんだ。

……遥を守るためなら、オレはなんでもやるんだからな！

アレッシオ・リッツォ

そして圭に触れることを許されないまま、俺達は学園祭の最終日を迎えた。圭は自分に投票してくれるようにと生徒達を説得して回っていたようだが、校務員のジョバンニからの報告によれば、アル・ディーンも同じようなことをしていたらしい。しかも、財力に物を言わせて、生徒達に高価そうなものを次々にプレゼントしていたようだ。

……きっと、圭には勝ち目がない……。

野外劇場の客席は、海に向かう緩い傾斜地に作られている。大理石の客席には豪奢なクッションが置かれ、正装した父兄たちがずらりと並ぶ。客席の最前列中央にいるのは、アラビア式の衣装に身を包んだ恰幅のいい男性とほっそりした女性。たしかアル・ディーンの両親。その隣には、副学園長と、勝者のような余裕の表情で座るアルディーンの姿も見える。

劇場の全体はほぼ円形の壁に囲まれているが、ステージの後ろには壁はない。演技者のバックには、満月に照らされたエーゲ海が広がる。舞台のセットはその景色を生かすような形に工夫するというのが、毎年の恒例だ。

俺がいるのは、ステージの上手側。ステージの両側には幕で覆われた道が、近くに設置された楽屋まで続いている。俺は光が漏れないように重ねられた黒い幕の間から、スポットライトに照らされた圭の姿を見つめている。

圭は中国風の美しい衣装をつけ、結《ゆ》い上げた黒髪の鬘《かつら》と豪奢な王冠を被っている。繊細な美貌と、ほっそりとして優雅な立ち姿。そして一国の姫君に相応しい凛々しい表情。その神神しいほどの麗しさと、その歌声のクリスタルのような透明な響きに、客席からはしわぶき一つ聞こえない。

最前列にいるアル・ディーンは、飢えた肉食獣のような目で圭を見つめている。圭は彼の目的は遥くんだと言い張っていたが……絶対に違う。あの男の目当ては、圭自身だ。

「……アル・ディーン、本当に憎たらしいですよね」

いつの間にか来ていた遙くんが、俺に小声で話しかけてくる。彼が着ているリューの衣装は圭のものと似た中国風のデザインだが、妖艶な真紅で統一された圭の衣装と相反するかのように、すべてが淡いピンク色で統一されている。

「圭兄さんのことを、あんないやらしい目で見るなんて、絶対に許せません」

遥くんの口調には、激しい怒りがある。彼の後ろに立った森が丘くんが、大きくうなずいて低い声で言う。

「俺も、同じ意見です」

どうしようもないほどブラコンの圭は、遥くんをいつまでも子供だと思っている。アル・ディーンの計画のことも、「遥は繊細だから、こんな話をしたらショックを受けて、オペラどころじゃなくなるだろう」と言って秘密にしていたようだ。だが遥くんはさすが圭の弟だけあって、とても賢い。アル・ディーンの動きが怪しいと言って、自ら俺に相談してきた。

俺は遥くんと、彼が絶対の信頼を置いている森が丘くんにすべてのことを話した。そして二人は、今では頼もしい仲間になってくれている。遥くんはため息をついて、

「この学園祭の期間中に、アル・ディーンはありったけのアピールをしていました。『トゥーランドット』のキャストには選ばれなかったけれど、張り合うようにして急遽シェイクスピアの劇を企画してハムレットを演じていたし、映像研究会にCMを作らせて寮で流させていたし、さらにいろいろなプレゼントでみんなを買収しようとして……」

彼は怒りに満ちた口調で言い、それから、

「ともかく。兄さんは二年生と三年生には絶大な人気を誇っているけれど、個性が強すぎて、一年生の中では評価が分かれています。大ファン、という人と、ドン引き、という人に。だからこの投票は、あなたとアル・ディーンの一騎打ちだと思います」

遥くんは、瞳をキラリと光らせながら言う。こうしてみると、彼の強い瞳は圭ととてもよく似ている。

「投票箱は舞踏室の入り口に置かれます。そのために、生徒達はすべての演目を終えてから

投票をします。だから彼に勝つためには、この『トゥーランドット』を成功させなくてはいけません」

彼は俺を真っ直ぐに見上げて、

「このオペラの一番の見所は、あなたが歌う『誰も寝てはならぬ』です。……頑張ってくださ い、先生」

「頑張ってください」

森が丘くんも真剣な顔で応援してくれる。

「わかった」

俺が言い返した時、舞台演出のザネッティが、幕の間から顔を出した。

「舞台、暗転しました。先生、よろしくお願いします」

きっちりと頭を下げられて、俺はうなずく。

「わかった。迷いなど感じている場合ではないんだな」

俺は暗がりの中、下手に消えていく圭の後ろ姿を見ながら思う。

……俺は勝つ。そして、圭のすべてを必ず手に入れる……！

北大路圭

舞台下手の幕の間から、オレはステージ上にいるアレッシオを見つめている。

黒と真紅の衣装は、アレッシオの堂々たる体軀《たいく》を引き立て、その美貌を際立たせている。

そして……彼の歌う『誰も寝てはならぬ』は、身震いするほど美しくて……だけどそれだけでなく、心が蕩《とろ》けそうなほどセクシーで……。

……ああ、やっぱりアレッシオはすごい……。

オレは、なぜか涙が溢れてくるのを止められなかった。

とんでもなく冷たくて、ワガママなトゥーランドット姫。そして自分を殺そうとまでした姫のすべてを受け入れ、包み込み、「私の口づけが沈黙の終わりとなり、私はあなたを得るだろう」と歌うカリフ王子。その限りない優しさと、愛の深さが、なんだかオレの心にまで滲《し》みてくるみたいで……。

「わあ、先生ったら、もう泣いてるんですか？」

後ろから聞こえたヴェルサーチェの声に、オレはハッと我に返る。

「あ、ごめん。あいつの歌が上手《うま》すぎて、なんか感動しちゃって……」

頰を伝う涙を手の甲で拭《ぬぐ》おうとして、慌てたように手を押さえられる。

「触らないでください、せっかくのメイクが崩れますから」

言いながら、小さなライトでオレの顔を照らす。

「やっぱりウォータープルーフのアイライナーにしてよかったでしょ？　ほら、泣いても崩れてない。これなら涙を流すシーンでも、メイクはばっちりだよ」

「たしかに、これなら最後のシーンもイケる」

近づいてきたチェンとスミスが口々に言いながら、オレの頰をハンカチで叩いて涙を拭い、その上に軽く粉をはたく。唇に塗っていたグロスを少し足し……それから三人揃って一歩後ろに下がって、オレをマジマジと見つめる。それから満足げに、

「うん、ものすごく綺麗です」

「完璧なトゥーランドット姫です」

「これならカラフ王子が心を奪われるのも納得」

何度もうなずきながら、口々に言う。

「先生、クライマックスのシーンが近づいてます。大丈夫ですか？」

近づいてきた音楽監督のシュトラウスが言い、オレはうなずく。

「大丈夫。おまえらの思い出に残るような、すごい舞台にしてやるよ」

言うと、シュトラウスはなんだか感動したように胸を押さえる。

「先生、なんだか格好いいです」

ヴェルサーチェ達もうなずいてくれて、オレはちょっと自信を持つことができる。

……そうだ、投票でアル・ディーンに勝つのも目標の一つだけど、それだけじゃない。

オレは、ステージを見つめながら思う。

……生徒達にとって、これは一生に一度きりの大切な思い出。素晴らしい記憶が残せるように、オレも頑張らなきゃ！

アレッシオ・リッツォ

「私が死ねば、あの方の名前を知る者は誰もいなくなります！」

舞台の上、リューを演じる遥くんが、迫力に満ちた声で言う。儚《はかな》げに見えた遥くんはとんでもない演技派で、観客は気圧《けお》されたように身動き一つできずに彼を見つめている。俺が演じる『名のない王子』の名前を教えろと、拷問を受ける場面だ。

「私は、あの方に命を捧げます！　姫君が、あの方の愛を受け取ることができるように！」

遥くんはそう言うと、衣装の裾を翻して走り、家臣の持つ短剣を奪う。そして目を閉じ、その剣で自分の胸を深々と突く。もちろんケガをしないように刃に細工のされた小道具だが……高い演技力のせいで血の気が引くほどの迫力がある。少し離れた場所に立ち尽くす圭が、本気で驚いたように小さく息を呑む。遥くんは天を仰いで身をよじり、舞台の上に音もなく倒れた。周囲を取り囲んでいた民衆役の生徒達が、悲嘆にくれた様子で次々に立ち去っていく。家臣役の生徒二人が遥くんの身体を板に載せ、絶望にうなだれて下手側の闇に消える。

がらんとした舞台には、俺と圭だけが残された。歩み寄ろうとした俺に、圭は鋭く言う。

「私は神の娘！　不敬であろう！」

俺はその言葉に動じず、さらに彼に歩み寄る。

「あなたの心の氷は、偽りのものだ」

彼を引き寄せ、その唇にキスをする。その柔らかな感触にすべてを忘れる。

「……っ」

驚いたように開いた上下の歯列の間から、舌を滑り込ませる。小さな舌をすくい上げ、絡ませると、彼は小さく喘《あえ》いで目を閉じる。唇を離すと、彼の閉じた睫毛《まつげ》の間から、煌めく涙が一筋、ゆっくりと滑り落ちた。

「これは……私の初めての涙」

圭は言い、美しく潤んだ瞳で俺を見上げてくる。

「……あなたを初めて見た時、今までに味わったことのない感情を覚えました」

圭はきつく眉を寄せ、そして苦しげな声で懇願する。

「これ以上、私に恥辱を与えないでください」

圭の澄んだ声が、美しいエーゲ海の夜空の下に響く。

「どうかこのまま、あなたの秘密と共に、この地を離れてください」

あなたの秘密、という彼の言葉に、胸が微かに痛む。俺は、彼に秘密を持っている。俺は彼を手に入れるためにこの学園に来たが、ほかにもう一つ目的があった。そして俺の正体を、彼はまだ知らない。

……すべてが終わったら告白しよう。そしていつまでもあなたのそばにいると誓おう。

俺は思いながら、彼の麗しい顔を真っ直ぐに見下ろす。

「秘密など、もうありません。……我が名はカラフ。タタール国の王子、カラフです」

圭は驚いたように目を見張り、それから喜びに目を輝かせる。

「名前がわかった！　私の勝ちだ！」

「ええ、勝負はあなたの勝ちだ。私はあなたにすべてを捧げます。どうか、あなたのお好きなようにしてください」

俺の台詞を合図に、ゆっくりと舞台が暗転する。大道具のスタッフが舞台に走り出て、次のシーンのためのセットが袖から引き出されてくる。

圭の身体が、ふいにわずかによろける。一時間近い舞台は、かなりの重労働だろう。

「大丈夫ですか？」

俺は手を伸ばし、彼の腰を抱き寄せる。彼は恥ずかしげに身じろぎをするが、抵抗はせずにうなずく。

「大丈夫。次がクライマックスだ」

圭は呟き、俺を真っ直ぐに見上げてくる。

「いい舞台にしよう。いい思い出になるように」

その言葉に、俺は深くうなずく。圭は身を翻し、所定の位置に移動していく。

演出家の合図で、舞台がライトに照らし出される。

次のシーンは、王宮の前。役人達、兵士達、そして民衆達が、広場に集まっている。彼らが見守る中、俺は真っ直ぐに立っている。

皇帝が玉座に座ると、トゥーランドット姫は階段を駆け上り、そして叫ぶ。

「お父様、この方の名前がわかりました！」

カラフ王子は自ら名前を明かし、勝負に負けた。もしもトゥーランドット姫が処刑を命じれば、カラフ王子はこのまま命を失うことになる。カラフ王子が処刑されるのだと確信した皇帝や家臣達は、姫の言葉に絶望的な顔をするが……。

「この方の名前は、アムール！　愛です！」

その言葉に、皇帝や家臣達は、姫の凍りついていた心が愛によって溶かされたのだと知る。

皇帝が俺を玉座に招き、民衆の歓声が湧き上がる。

出演者全員による『愛よ、世界よ、平和よ、永遠に』の歌が、エーゲ海の上に響き渡る。

舞台は盛大な拍手と歓声に包まれ、カーテンコールはいつまでも止《や》まなかった。すべての出演者、そしてスタッフ達に拍手が送られ、生徒達の紅潮した顔を見て、圭はこのうえなく幸せそうで……。

北大路圭

『トゥーランドット』の舞台は、大成功に終わった。本当ならこのまま、幸せの余韻に浸っていたいところだったけれど……オレ達には、まだ面倒なことが残っていて……。

「学園のキング・オブ・キングスを決める人気投票は、厳正なる審査の下で行われました」

ステージに上がった審査委員会の代表が言う。生徒の中から厳正なる審査を求める、という声が多く寄せられ（どうやらこれは遥達が運動してくれたらしい）、学生会以外のメンバーからも、審査委員が選ばれた。ステージに置かれたテーブルの上には、大きな銀色の箱がある。舞踏室の入り口に置かれていた投票箱だ。

「みなさまがワルツを楽しんでいる間に、投票箱が開けられ、票数が集計されました」

生徒達はもちろん、ドレスアップした父兄達も、興味深げに見守っている。

オレの隣には、アレッシオがいる。舞台が終わってすぐに移動させられたから、まだカラフ王子の衣装のまま。オレも、めちゃくちゃ重い王冠と鬘だけは脱いだけれど、衣装はトゥーランドット姫のまま。みんなはいつもの髪型でも衣装が似合っていると言ってくれているけれど、自分的にはかなり恥ずかしい。すぐ近くには、やはり衣装のままの遥と森が丘がいる。ピンクの衣装の遥はめちゃくちゃキュートだし、皇帝の格好をした森が丘はやけに威厳がある。悔しいけれど、けっこうお似合いだ。

シャンデリアの光の下で見るアレッシオは、やっぱり格好よくて思わず見とれてしまいそうになったけれど……それどころじゃないんだ。

少し離れたところで、アル・ディーンが取り巻きに囲まれている。不敵な笑みは、自分が勝っているという自信の表れだろう。そして……。

「発表します。圧倒的多数でこの学園のキング・オブ・キングスに選ばれたのは……」

オレは緊張のあまり唾を飲み込む。

「……アレッシオ・リッツォ先生！」

舞踏室が、生徒達の大歓声に包まれる。どうやらアレッシオの人気は想像以上だったらしい。思わず目をやると、アル・ディーンがとても悔しそうな顔で唇を噛《か》んで、踵を返したところだった。そのままお供も連れずに部屋を飛び出して行く。

「そして第二位は、これも三位を引き離しています」

オレはアル・ディーンが出て行ったドアを見つめたまま、きっとあいつが二位だろうに、と思うけど……。

「二位は、ケイ・キタオオジ先生！」

いきなり名前を呼ばれて、オレは呆然とする。

「ええっ？　オレ？」

「それではお二人とも、ステージ上にどうぞ！」

オレとアレッシオは生徒達に押し出されるようにして、ステージに上がる。審査委員長が、アレッシオに、

「キング・オブ・キングスの副賞として、学生会からサントリーニ島での休暇がプレゼントされます。一応二人分なのですが……先生は、誰と一緒に行きたいですか？」

その質問に、生徒達は固唾《かたず》を呑む。さりげなくかわすだろうと思ったのに、アレッシオはにっこりと微笑む。

「もしろん、ケイ・キタオオジ先生です。彼は俺の恩師でもあるし、一緒に『トゥーランドット』を演じた仲間でもあるので」

その答えに、生徒たちからは大歓声が上がる。

……まったく、なんてヤツだ！

オレはそのままアレッシオと無理やりワルツを踊らされ、さらなる大喝采を浴びる。

……まあ、生徒達、それに可愛い弟に被害が出なくてとりあえずよかった。それに学生会長の陰謀をつぶせたことはたしかなんだ。これを機に、もうちょっと学生会がおとなしくなってくれるといいんだけど……。

さんざんワルツを踊らされ、生徒達からもみくちゃにされ、父兄達からは口々に『トゥーランドット』の演技を褒められて……オレはもうくたくたになっていた。

◆

「もう部屋に戻りますか？」

アレッシオに聞かれて、オレは笑いながらかぶりを振る。

「いや、校医として最後まで見守らなくちゃ。……なんか冷たいものをもらってくる。踊りすぎて暑くて仕方ないよ」

オレはアレッシオと遥、それに森が丘から離れ、カウンターからジュースのグラスを取る。そしてそれを一気飲みする。

「ぷはあ。うまー」

通りかかった父兄に驚いた顔をされて、この格好ではおしとやかにしなきゃおかしいんだ、と赤くなる。

「すみません、キタオオジ先生」

呼ぶ声に振り返ると……そこには学生会のメンバーの一人が立っていた。あのSPみたいないかつい集団ではなく、入ったばかりの一年生だ。

「おまえ、一年生のダニエルだよな？　どうした？　具合でも悪いのか？」

オレが言うと、彼は慌てたようにかぶりを振って、

「あの、会長から伝言があるんです。『先生にはたくさん失礼なことをしてしまったので、ぜひきちんと謝りたい』とのことなんです。会長は泣いていました」

オレはその言葉に思わず微笑んでしまう。

「あのアル・ディーンが、そんな殊勝なことを言うなんて。あいつ、どこに行ったんだ？」

「学生会室でお待ちしてるそうです。泣いた後の顔をご両親に見られるのは、恥ずかしいみたいで……」

「そうだろうな。……じゃあ、すぐに行く。伝言、ありがとう。パーティー、楽しめよ」

オレはダニエルの肩を叩いて、舞踏室を出る。

……アル・ディーンが改心してくれて本当によかった。

◆

「自分が一番人気だと思い上がっていました。今回のことで反省させられました」

アル・ディーンの殊勝な言葉に、オレは大きくうなずく。

「うん、わかってくれてよかったよ」

月明かりに照らされた学生会室。そこにいたのは、アル・ディーンと、SPみたいにいかつい生徒達。学生会の副会長と書記だ。ほとんどの明かりが消されて、小さなスタンドのライトだけになっているのは……きっと、泣いた後の赤くなった目を見られるのが恥ずかしいんだろう。

「おまえは立派な学生会長なんだから、このまま真面目に卒業まで過ごしてくれ。オレの弟に手を出そうなんて二度と思うなよ」

オレは言ってアル・ディーンに近づき、まだうつむいている彼に右手を差し出す。

「さあ、これで仲直りだ。楽しい学園生活にしような」

「はい、先生」

彼は言って、オレの右手をしっかりと握る。

「うん、仲直りできてよかった。おまえはやればできる生徒だし……っ」

そのまま痛いほど力を入れられて、オレは思わず息を呑む。

「……ちょ、痛いってば。気持ちはわかったから」

「僕の気持ち、本当にわかってくれているんですか？」

「もちろんだよ。おまえは本当は優しい生徒なんだ。自分がオペラで歌えなかったのが悔しかっただけだよな」

「そうなんです。僕、先生と一緒に舞台に立ちたかったのに……」

彼が言い、ふいに顔を上げる。彼の顔に、ニヤリと笑みが浮ぶ。

「……なぁんて、そんなことを言うと思いましたか？」

「えっ？」

「それに、あなたは誤解してますよ、先生」

彼は言いながら、ほかの二人に目で合図を送る。

「僕の目的は、最初からあなたなんですよ」

二人がドアに近づき、カチリとドアの鍵を掛ける音がする。

「……おまえら、いったい何を……うわ！」

近づいてきた二人が、オレの腕を両方から拘束する。なんとかして逃げたいのに、二人の力がものすごいのと、慣れない衣装を着ているせいで、思うように暴れられない。

「てめえ、何する！　離せよ——っ！」

オレは叫ぶけれど、両側から持ち上げられて足が床から浮いてしまう。そのまま運ばれ、学生会の準備室に連れて行かれる。先に回り込んだアル・ディーンが、準備室のドアを開く。

本当ならそこには無骨な金属製のロッカーや本棚が置かれ、資料のファイルがずらりと並んでいるはずだったけど……。

「なんだ、これ？」

オレは、あまりのことに呆然と周りを見回しながら言う。

「準備室を少々改装して、ハネムーンにぴったりの部屋にしてみたんです。いずれにせよ、今夜のうちにいただくつもりでしたし、一度で終わる気はありませんから」

準備室は、見る影もないほど改装されていた。周囲の壁はドピンクに塗られ、床には派手な模様のペルシャ絨毯《じゅうたん》。その上にワシントン条約に確実にひっかかりそうな毛皮が何枚も敷かれて、色とりどりのベルベットのクッションが置かれている。部屋の真ん中には金色の柱とアラビア風の天蓋《てんがい》を持つキングサイズのベッドが置かれ、派手な金色の布が幾重にも垂らされている。ベッドのシーツは紫のシルクサテン。枕はマゼンタピンク。見ているだけで、変な世界にトリップしてしまいそうな……。

「おまえ、どういうセンスだよ？　これってあまりにひどすぎないか？」

オレは自分の状況も忘れて、思わず叫んでしまう。アル・ディーンの顔が、みるみる引きつるのが解る。

「校医だからっていい気になりやがって！　さっさとベッドに押さえつけろ！」

逆鱗《げきりん》に触れてしまったのか、アル・ディーンが激昂《げっこう》して叫ぶ。オレの身体が二人の生徒に軽々と運ばれ、そのままベッドに転がされる。

「うわっ！」

そのまま仰向《あおむ》けにされ、両手をそれぞれの生徒がしっかりとシーツの上に押さえ付ける。アル・ディーンがいやらしい笑みを浮かべてオレの上にのしかかろうとする。必死で蹴ろうとするけれど……そのまま大きな手で両足首を捕まえられてしまう。

「衣装の仮縫いの時に見たあなたの身体が、ずっと忘れられなかったんですよ」

アル・ディーンが言いながら、俺の両足首を揃えたままで持ち上げる。衣装の裾が肌をするりと滑って、腿までが露《あら》わになってしまう。

「……あ……っ！」

「今夜も、下着を着けていないんですよね？」

アル・ディーンが、露わになった腿を見つめながら、いやらしい声で言う。

オレは仮縫いの時と同じように、下着を着けていなかった。このまま腰巻をずらされたら、とんでもないところまで露わになってしまう。

「……やめ……っ！」

「あれから毎晩夢に見ました。あなたはこの衣装のまま僕にのしかかって、『下着を着けてないんだ。だからこのまま抱いて』と誘惑してきて……」

「なんでオレでそんな想像ができるんだっ！　オレは男だぞ！」

「自分がどんなに色っぽいか、まだ自覚していないんですか？　何度襲おうと思ったか、わかりません。なのに、あんなルックスがいいだけの貧乏教師といちゃいちゃして……僕がどんなに嫉妬したかわかりますか？」

アル・ディーンは言いながら、オレの腿に唇をつける。ネロリとした感触が、ものすごく気持ちが悪い。

「やめろっ！　離せよっ！」

「そうはいきません。……おまえら、あれを」

アル・ディーンが言うと、二人はうなずいて、どこかからか細長いシルクの帯のようなものを持ってくる。オレの両手首が一つに縛られ、天蓋を支えている柱に結び付けられる。オレは身をよじらせ、必死で暴れながら叫ぶ。

「ちょ、何するんだよっ！　解《ほど》け！」

「僕の言うことを聞いておいたほうがいいですよ、先生。学園長がいない間、この学園は僕が仕切ります。抵抗するとクビになりますよ？」

いやらしく言いながら、アル・ディーンがオレの腿に唇を当てる。そのまま腰巻の布を噛み、ゆっくりと引き上げて……。

「アレッシオ！　助けてくれ、アレッシオ――ッ！」

脚の間の部分が露わになってしまう寸前、オレは必死で叫んだ。

その言葉がまるで何かの呪文だったかのように部屋の外で足音が響き、鍵をかけてあった学生会室のドアが蹴破られた音がする。さらに部屋を走る足音。そしてバン！　という音がして、準備室のドアが壁に跳ね返る。それを手のひらで止めたのは……。

「……アレッシオ……！」

そこに立っていたのは、アレッシオだった。安堵《あんど》のあまり、眩暈《めまい》を覚える。

「……ケイ！」

アレッシオが叫んで部屋を横切ってきて、アル・ディーンの腕を摑《つか》んでオレから引き剝がす。アル・ディーンは、そのままベッドからみっともなく転がり落ちる。

「兄さん！　大丈夫？」

声に顔を上げると、ドアの前には、遥と森が丘が立っていた。さらにその後ろには、ケガで休養中のはずのヘルマン・イザーク学園長。彼はまだ松葉杖をついている。そして……。

「先生が助けを求める声が聞こえた。シャムス……おまえ、何をしていたんだ？」

彼らの後ろには、アラビア風の服装をした二人がいた。去年の学園祭の時に挨拶をした覚えがあるし、さっきも最前列で劇を観ていた。彼らは、アル・ディーンの両親だ。

オレを押さえていたデカイ二人組は、慌てて逃げようとして、森が丘に捕まっている。アレッシオが、オレの両手首を縛っている細い帯を解いてくれる。

「大丈夫ですか？　ケガは？」

心配そうに聞かれて、オレはかぶりを振る。

「大丈夫。まだ何もされてない」

オレは言いながら、腿まで捲《まく》り上げられていた衣装の裾を慌てて引き下ろす。もう少し上まで捲られていたら、とんでもないところまで見えてしまうところだった。

「……よかった……」

アレッシオが、本当に安心したように深いため息をつく。それから、

「あなたが学生会の一年生に話しかけられているのを見て、慌てて後を追いました。ですが、人が多すぎて途中で見失い、探すのに手間取ってしまって……怖い思いをさせて、本当にすみませんでした」

真摯《しんし》な目で謝られて、胸がズキリと痛む。

「オレは大丈夫だ。もう心配するな。助けに来てくれてありがとうな」

言うと、アレッシオは真剣な顔でうなずく。それから、アル・ディーンを振り返って、

「……シャムス・アル・ディーン……おまえ、先生に何をした……？」

低い声で言いながら、アル・ディーンにゆっくりと歩み寄る。アル・ディーンは情けない声を上げて、お尻で床を後退る。アレッシオの顔に本気の怒りが浮かんでいるのに気づき、オレは慌てて叫ぶ。

「オレは大丈夫だと言っただろう！　だから生徒を殴ったりするな、アレッシオ！　おまえは教師なんだぞ！」

アレッシオがふと歩みを止め……それから深いため息をつく。

「大切な恩師であるキタオオジ先生に、こんなことをするなんて。本当なら、気絶するまで殴りたいくらいだ。だが……」

アレッシオが手を伸ばしてアル・ディーンの腕を摑み、立ち上がらせる。それからギリギリまで顔を近づけて、地の底から響くような声で囁く。

「キタオオジ先生に感謝するんだな。彼がかばっていなかったら、俺はきっと今すぐ……」

アレッシオは途中で言葉を切るけれど。その先が感じられたのか、アル・ディーンは情けない顔で、ひいっと息を呑む。

「ち、違うんです！　そうじゃなくて……っ」

アル・ディーンは怯《おび》えきった顔で、

「僕が悪いんじゃない！　さっきの二人がやったことなんだ！　それに誘ってきたのはキタオオジ先生からだし……」

「シャムス！　おまえ、なんということを！」

叫んだのはアル・ディーンの父親だった。彼は息子の襟首を摑み上げながら、

「恩師に乱暴を働こうとするなど、絶対に許されない！　おまえがしたことは、あまりにも罪深い！　さらにそれを隠すために人に罪をなすり付けるとは……！」

叫んだ彼は、砂漠の国の王らしく、すごい迫力だった。まるで炎が燃え上がるような激しい怒りに、オレまでが動けなくなる。

「で……でも父上……」

「王であるこの私に、口答えをする気か！　この罰当たりが！」

雷鳴のごとき一喝に、部屋の壁までがビリリと振動する。言い訳をしようとしていたアル・ディーンが、本気で怯えたようにすくみ上がる。

「すぐに国につれて帰るぞ！　その根性を叩き直さなきゃならん！」

男性はアル・ディーンを離してオレを見下ろし、目に涙を滲《にじ》ませながら床にいきなりひざまずく。そのまま床に額がつくほど深く頭を下げられて、オレは驚いてしまう。

「本当に申し訳ありませんでした、先生。罰はいかようにも受けます。訴えてくださってもかまいません」

彼の声は泣いているかのようにかすれ、床の上で握り締めた拳が小さく震えている。

アル・ディーンと言えば歴史のある大国だ。その国の元首がこんなことをするなんて……きっと、本当に大変な覚悟がいることだろう。

「頭を上げてください、お父さん」

オレは慌ててベッドから下り、彼の前にひざまずく。

「息子さんが本当に反省してくれるなら、今夜のことはもう忘れます」

顔を上げた彼の頬には、涙が伝っていた。息子の不祥事を見てしまった父親の気持ちを思ったら、胸が強く痛む。彼は苦しげな顔で、

「息子は、私のそばで厳しく教育しなおします。国のことにばかりかまけて、息子との時間が足りなかったことが、そもそも間違いだったのかもしれません」

言って立ち上がり、オレに向かってまた深い礼をする。彼の後ろで、やはり泣いている母親が頭を下げている。

「行くぞ、シャムス。おまえがまっとうな大人になるまで、国外に出ることは許さない」

「……そ、そんな……」

アル・ディーンは言いかけ、しかし父親にギリリと睨まれて口をつぐむ。

「……本当に申し訳ございませんでした」

激怒した男性に引きずられるようにして、アル・ディーンは部屋を出ていく。彼の母親が、慌ててその後を追う。

アレッシオはまだ怒りの残った顔で、彼らの出て行った後のドアを見つめる。それからふいにオレに視線を戻して、

「先生、本当に大丈夫ですか？」

「オレは大丈夫だってば。それより……」

オレは学園長を振り向いて、

「イザーク学園長、おケガはもう大丈夫なんですか？」

学園長は、笑いながらうなずく。

「お見舞いの品をたくさんありがとう、キタオオジ先生。とても勇気付けられた」

元気そうな声に、オレは少し安心する。だけど……。

「学園長、座ってください。少しつらそうです」

オレは彼に手を貸して、この趣味の悪い部屋から、学生会室のほうに出る。森が丘が慌てて持ってきた事務用の椅子に、彼を座らせる。

「どうもありがとう。リハビリをする気はあるのだが、完治するまでにはまだ少し時間がかかりそうだ。それに……」

彼は言い、近づいてきたアレッシオを見上げる。

「そろそろ、私は現場を退いてもいいのではないかと思ったよ。アレッシオは、きっと立派なリッツォ家の当主になりそうだしね」

言葉の前後が繋《つな》がらずに、オレは思わず聞き返す。

「……ええと……？」

「ああ……名字が違うんだったな」

イザーク学園長は笑って、

「私がこの学園で使っていたヘルマン・イザークという名前は、論文を書く時のペンネームなんだ。匿名の寄付をする時に便利なので、そのまま使っていたけれどね。私の本名はアレッサンドロ・リッツォ。リッツォ家の当主で、アレッシオの実の祖父なんだよ」

「学園長が……アレッシオのお祖父さん……？」

オレは呆然としたままアレッシオに目を移す。彼はうなずいて、

「はい。今回、俺は学園の内情を探るために、臨時採用教師としてこの学園に潜入しました。いろいろと秘密にしていてすみません」

その言葉に、オレはドキリとする。

「潜入……？」

「はい。学園内の様子がおかしいことに気づいた祖父から、頼まれて。ここに来てから、たしかに以前とは何かが違うと感じて、祖父に報告をしていました。主に学生会の会長であるアル・ディーンの動きと、彼と副学園長の関係を」

「じゃあ……おまえの調査は、これで完了したんだ……？」

オレは呆然としてしまいながら言う。

「はい」

アレッシオがきっぱりと答えたのが、オレはとてもショックだった。だって……まるで、調査が終わったらこの学園には用はないって言われてみたいで……。

「じゃあ、もうイタリアに帰るんだな？　それで、会社を継ぐんだろ？　リッツォ家の当主として……」

言った声が、なぜかかすれてしまう。

「よかったじゃないか。そしたらオレとも、またさよならだな」

なぜか目の奥が痛んで、泣きたいような気持ちになる。

「おまえが戻ってきてくれたんだと思ったから、本当は嬉しかった。だからちょっと残念だけど……しょうがないよな」

ふいに視界がかすみ、オレは涙が溢れてきたのをごまかすために慌ててうつむく。

「おまえと一緒に働けて、楽しかった。でももっと一緒にいたいなんていうのはオレのエゴだ。おまえはとても優秀だし、リーダーシップもカリスマ性もある。なんたって、戻ってきていきなり、学園一の人気者になるんだからな」

オレはくすんと笑って、

「おまえはもっと影響力のある仕事に就くべきだ。おまえみたいな男を一つの学校に閉じ込めておくのは、もったいなさすぎる。……よかったな、頑張れよ」

「ありがとうございます。でも……」

アレッシオは言い、指先でオレの顎《あご》をそっと持ち上げる。動かされた拍子に涙が溢れ、頰を熱いものが幾筋も滑り落ちる。

「……俺、この学園を辞める気はありませんよ」

「えっ？」

オレは、その言葉に本気で驚いてしまう。

「だっておまえ、会社を継ぐんだろう？　だったら……」

「会社を継ぐのではなく、祖父のあとを継ぎます。……リッツォ家が出資している教育機関のすべての運営を、俺が仕切ります。この学園の学園長の仕事と、ほかの学校の経営を同時にこなさなくてはいけないので、少し忙しいですが。まあ、学校経営のほうなら、祖父が雇った専属のスタッフ達が世界中に散っていますので、インターネット会議をすれば現地に赴く必要はありませんし」

「……へ……？」

オレは泣くのも忘れてアレッシオの顔を見上げる。アレッシオはオレの涙を指先ですくって、クスリと笑う。

「それに、この調査をしていて実感したのですが……世界中のＶＩＰが集まるこの学園を仕切るということは、世界中のＶＩＰとのつながりができ、多大な影響力が生まれるということです。近い将来、俺はリッツォ家の当主を継ぐかもしれませんが、その影響力はおおいに役立つでしょう。まあ、そのせいもあって、リッツォ家の中では、学校経営関係の仕事はかなり重要なポジションとされているのですが」

その言葉に、オレは呆然としながら、

「じゃあ……このままずっと学園にいるのか？」

アレッシオはクスリと笑って、

「あなたに嫌われたのなら、学園を去らなくてはいけないかと思いましたが……」

彼はオレを真っ直ぐに見下ろして言う。

「さっき、あなたはとっさに俺の名を呼んでくれた。だから、一応、少しは頼りにしてくれているんですよね？」

「あたりまえだろ？　オレはおまえのこと……」

オレは言いかけ、学園長や遥達が呆然とこっちを見つめていることにやっと気づく。

「それはあとにして。オレ、おまえに道を誤まらせたんじゃないかと心配したんだぞ」

「あなたは、本当に優しい先生です」

見つめられるだけで、どんどん鼓動が速くなる。アレッシオはオレに微笑んでから、学園長を振り返る。

「先生の顔色がよくないようです。もう休んでいただいたほうがいいかもしれません」

アレッシオの言葉に、学園長も、そして遥達もハッと我に返った顔をする。

「ああ、そうだな。早く部屋に送ってあげなさい。積もる話は明日にでも」

学園長が慌てたように言う。遥が、

「兄さん、大丈夫？　送っていこうか？」

その言葉に、森が丘がうなずいている。アレッシオが、

「大丈夫。お兄さんは俺が責任持って、部屋まで送り届けるから」

アレッシオは言って、オレの肩をそっと抱き寄せる。そしてそのまま、オレ達は学生会室を後にしたんだ。

アレッシオ・リッツォ

「舞踏会、今年もまだまだ盛り上がりそうだな」

教師用の寮の廊下を廊下を歩きながら、圭が言う。

学園祭の夜の舞踏会は、たいてい夜明け近くまで続く。今夜だけは、特別に夜更かしが許可されるのだ。島を出る船はもうないが、代わりに父兄が宿泊するための部屋が、少し離れた場所にある特別棟に用意される。ホテル並みの設備が整っているので、彼らもまだまだ舞踏会を楽しむつもりだろう。そして教師陣も、日ごろのウサ晴らしとばかりに、それに付き合うはずだ。オーケストラの演奏と、舞踏会の喧騒が遠く聞こえる。それと対照的に、教師用の寮の窓に明かりは一つもなく、がらんとしていてひと気がない。俺は他人の目がないのをいいことに、歩きながらも圭の肩をまだ抱いたまま。彼の肩の優雅なラインと、ふわりと漂う芳しい香りが、俺の内なる欲望をとめどなくかき立てる。

「今夜は、ありがとうな」

圭が、自分の部屋のドアのロックを解除しながら言う。

「オペラをやって、舞踏会に出て、あげくにあの騒ぎ。おまえも疲れただろ？」

ピッという電子音がして、ドアが開く。圭は部屋に一歩踏み込み、振り返らないまま、

「だから、今夜はゆっくり休め。おやす……」

彼が言い終わらないうちに俺は彼の身体を腕にさらい込み、部屋に入る。そのまま後ろから抱き締めると、圭が小さく息を呑む。パタン、とドアが閉まる音がして廊下の明かりが遮られ、部屋の中が真っ暗になる。

「俺を追い返す気ですか？」

耳元で囁いてやると、彼は身体を震わせ、小さく息を呑む。

「さっきから、肩がずっと細かく震えていました。俺に抱かれるのが怖いですか？」

後ろから首筋にそっと歯を立ててやると、彼は、んっ、と色っぽい声を上げて、

「そ、そうじゃなくて……」

闇に響いた声が、甘くかすれている。

「そうじゃなくて……何？」

細い首筋に唇を押し当てると、彼はピクリと身体を震わせる。

「なんか……緊張して……」

「緊張？　あんなにいろいろなことをしたのに、今さら？」

「……バカ。今までと、今夜とは、全然違うんだ」

彼はうつむいたまま、微かな声で言う。

「オレは今夜、おまえのものになるんだからな」

その言葉が、俺の理性のすべてを吹き飛ばす。俺は彼の身体の向きを変え、指先で顎を支えて顔を上げさせる。暗がりの中で顔を近づけ、唇を彼の頬に当てる。

「……ん……」

キスを繰り返しながら唇を探し、闇の中で見つけ出した柔らかい唇を奪う。

「……んん……」

彼の呻きの甘さに、眩暈がする。

オレは彼の身体を抱き上げ、そのまま廊下を歩く。肩でリビングへのドアを押し明け、月明かりを頼りに、部屋を横切る。そのままベッドルームに入り、ベッドに彼を押し倒す。

「……あ……」

見上げてくる彼の麗しい顔を、差し込む月の光が淡く照らす。端麗な美貌に見とれ……それから我慢できずにまた口づける。

「……ん……」

圭の手がゆっくりと上がり、俺の衣装の布地をそっと掴む。それからふいに手を放し、俺の胸を押しのけて言う。

「……ああ……まだ、ダメだ」

彼の唇から漏れた言葉に、俺は本気で驚いてしまう。

「まさか、今夜も焦《じ》らす気なんですか？　もう、とても止められる状態ではありません」

思わず言うと、圭はクスリと笑って、

「バカ。それを言うならオレだって同じだ。そうじゃなくて、衣装を汚したら大変だろう？

だから、ちゃんとシャワーを浴びて着替えてから……」

言いながら、ベッドサイドに置かれたスタンドのほうに手を伸ばす。

「俺に、そんな余裕があると思いますか？」

俺はその手を捕まえて引き寄せ、自分の脚の間の部分にきつく押し付ける。

「衣装を汚さないように気をつけます。だから……」

俺の屹立は弾けそうなほどに張り詰めて、衣装と下着を硬く押し上げている。

「……あ……っ」

圭は驚いたように息を呑み、しかし手を離さずにおずおずと俺の屹立の形を確かめる。

「……カチカチだ……石みたいに硬くて反り返ってる……それに……」

かすれた声で囁いてから、コクリと音を立てて唾を飲み込む。

「……ヤバい……熱くて、すごくおっきい……」

我を忘れたように舌をもつれさせる彼が、眩暈がするほど可愛い。

「もう限界を超えそうです。誰がそうさせたと思ってるんですか？」

手のひらにグッと屹立を押し付けてやると、圭は息を呑み、どこか怯えたように、

「……こんなすごいの、きっと入らない。だってオレ……」

圭はふいに手を引いて俺から目をそらし、かすれた声で囁く。

「……こんなことするの、初めてだから……」

羞恥を色濃く含んだ声が、とてつもなく色っぽい。

手や口で愛撫した時のあまりにも初々しい反応から、きっと彼はヴァージンだろうと思っていた。だが、同時にあまりにも彼は感じやすかった。どんな男も虜にするような魅力的な彼が、ニューヨークという都会で恋人がいなかったとは信じられなかった。もしかしたらその男と一線を越えているのではないかという考えがいつもあった。俺はその見知らぬ男に嫉妬し、俺よりも大人であろうその男にコンプレックスを感じていた。だが……。

「……ヴァージン……なんですか？」

「うるさいなあ。悪いかよ？　どうせ遊びの恋なんかできない小心者だよ。それに……」

怒ったように言った圭が、ふいに恥ずかしそうな声になって、

「おまえに会ってから、なぜか他の男のことなんか考えられなくなった。……この年でまだヴァージンなのは、おまえの責任でもあるんだからな」

「……先生」

俺は年甲斐《としがい》もなく泣いてしまいたいような気持ちになりながら、愛しい人を抱き締める。

「……嬉しいです。あなたの身体が、俺だけのものだなんて……」

「……バカ」

圭が甘く囁き、俺の背中にそっと手を回す。キュッとすがりついてきて、

「……身体だけじゃない。全部、おまえのだ」

……ああ、可愛くて、愛おしくて、気が遠くなりそうだ……。

「……あ……ダメ……そこばっかり……」

我慢できない喘ぎが、高い天井に響く。

「……おまえ、本当にやらしい……んんー……」

アレッシオはオレを抱き上げてベッドルームに運び、衣装のままベッドに押し倒した。

彼の屹立を握らされ、その熱さに眩暈を覚えた。いつも冷静に見える彼が、自分にこんなに欲情してくれると思っただけで、胸が甘く痛んで、もう何も考えられなくなった。

帯を留めていた金具を外され、ローブをはだけられた。胸を膨らませるために詰めていた薄いパッドを外され、彼の指がオレの乳首を丹念に愛撫している。

「……も……乳首、されたら……ああっ！」

ひっかくようにして先端を刺激され、硬くなったところを摘まれて、そのままクリクリと揉《も》み込まれる。

「……っん……やぁ……っ」

滑《なめ》らかなシルク越しの愛撫がやけに淫《みだ》らだ。蕩けそうな快感が腰の辺りに凝縮し、オレの性器を硬く勃起させている。

……ああ、男なのに、乳首がこんなに感じちゃうなんて……。

自分はゲイだと言いながら、男とまともに付き合ったことすらなかった。自分の身体が誰かの手で愛撫されることなんか、想像すらしなかった。だからオレは平気で肌を露出していたし、誰かに見られたって別に平気だった。だけど……。

……まさか、自分の身体がこんなふうになるなんて……。

まるで全力疾走した後みたいに、呼吸が熱く、鼓動が速い。

乳首は痛いほどに尖り、性器は硬く反り返っている。

「……あっ、あぁっ」

彼の指の動きに合わせて腰が勝手に揺れ、さらなる愛撫をねだってしまう。

「乳首を刺激されただけで、そんなに腰を揺らして。なんていけない先生なんだろう？」

「……あ、だって……んん……っ」

彼が顔を下ろし、布地ごと、オレの乳首をキュッと甘嚙みする。

「……く……ああ……っ！」

「だって、なんですか？　きちんと言わないとこのままにしますよ？」

ものすごくイジワルな声で囁かれ、うながすように乳首をもう一度嚙まれて……怒りたいのに、なぜか身体の奥がズクンと疼《うず》く。

……ああ、オレってもしかして、めちゃくちゃエッチなのかも……。

「だって……気持ちよすぎて、腰が勝手に動いちゃうんだ……！」

オレは恥ずかしさに耐え切れずに、キュッと目を閉じて叫ぶ。

「よくできました。正直な、いい先生です。……ご褒美を上げなくてはね」

彼の手がオレの身体の上を滑り、シルクの布地ごとオレの屹立を摑み上げる。

「……アアッ！」

「ああ……こんなに硬くしている。このままでは、先走りの蜜が布地にしみて、衣装を汚してしまいますね」

「……あ、ダメ……脱がせてくれ……っ！」

アレッシオはクスリと笑い、すっかり乱れていたオレの衣装の裾を持ち上げる。

「ずいぶん素直になりましたね。おねだりする先生、とても色っぽい」

袖なしのロングドレスみたいな形の衣装が、ゆっくりと上にずらされる。乳首をくすぐられ、腰がベッドから浮き上がった隙に布地がお尻の下を通る。そのまま万歳をするように両手を上げられ、ドレス型の衣装と、まとわりついていたローブを脱がされて……。

「……あ……」

オレの身体を見下ろしたアレッシオが、小さく声を上げる。

「あの高貴な衣装の下に、こんな色っぽいものを着けていたなんて……」

オレは上半身を剝《む》き出しにして、紅いシルクの腰巻をまとわりつかせただけの格好だった。動いたせいで合わせが割れ、脚が腿の辺りまで露出していて……。

「……うわ……ッ！」

オレは自分がどんな衣装を着ていたかをやっと思い出し、慌てて腰巻の裾を合わせる。

……ヤバイ、オレ、ノーパンだった！　それを知られたら、どんなひどいお仕置きをされるか解らない！

「あはは、やっぱりシャワーを浴びてこよーっと！　ええと、パジャマ……！」

起き上がろうとしたオレの身体が、彼の手でシーツの上に押し戻される。彼は大きな手でオレの両肩をしっかりと押さえ、オレを真っ直ぐに見下ろしてくる。

「どれだけ俺を苛《いじ》めれば気がすむんですか？　あまり怒らせると、愛撫なしで犯しますよ」

瞳の中に、本気の怒りが燃えている。

「いや、だけど、その……アアッ！」

彼が顔を下ろし、オレの乳首をいきなり吸い上げる。

「……や、やぁ、ああっ！」

口腔に含んだ乳首を舌でヌルヌルと愛撫しながら、腰巻ごと屹立を摑み上げる。きつく扱き上げられて、オレの背中が反り返る。

「……ダメ、出る……っ！」

「出してください。悪い先生にはお仕置きですよ」

「……だけど、衣装が……っ」

「残念ながら、もう手遅れですよ、先生」

彼が囁いて、弾けそうなほど張り詰めたオレの先端を、指先でクリクリと愛撫する。

「……っ……そんな、したら……ダメ……アアンッ！」

ヌルリと刺激を、とても感じやすい先端に感じて……オレの腰ががくがくと震える。

「ほら、衣装があなたの先走りでもうヌルヌルです。もう布地が透けるほど……え？」

アレッシオが急に手を止め、オレの身体を見下ろしてくる。それから不審げな顔で、

「先生、下着はどうしました？」

「……あ……っ」

「まさか、下着を着けないで舞台に立っていたんですか？」

怒りに煌めく目で見下ろされて、オレは慌てて、

「ち、違うんだ！　これは腰巻と言って、日本古来の下着に当たるもので……オレの立ち居振る舞いががさつ過ぎるから、これを着けろって、ヴェルサーチェ達が！」

「そんな言い訳は聞きません」

アレッシオが言ってオレの腿の裏を掴み、そのまま高く持ち上げる。

「……あぁ……やぁ……っ！」

腰巻の布地が腿の上を滑って、お腹の上にはらりと落ちる。お尻から、濡れた屹立までが露わになり……オレは真っ赤になる。

「……なんて人だ……こんなふしだらな格好で、あの観衆の前に立っていたなんて」

アレッシオは深いため息をついて、獰猛《どうもう》に光る瞳でオレを真っ直ぐに見下ろす。

「……こんなに淫らな先生は、俺が一から教育しなおさなくてはいけません」

低い声は怒りを含んでものすごく怖かったけど……でも、とんでもなくセクシーで、オレはどうしても言い返すことができない。

「……脚を広げて、自分で膝を抱えてください。早く」

甘く命令されて、オレは恥ずかしさに泣きそうになりながら自分の膝を抱える。屹立とお尻どころか、その間のスリットの深い場所まで見せるような格好に、眩暈がする。

彼は俺を見つめたまま、自分の衣装の裾を割る。黒いビキニパンツを引き下げると、ブルン、と怒張したものが空気の中に弾け出る。

「……あ……っ！」

彼の欲望は、その容姿に似合った完璧な形で……しかし獰猛に反り返っていた。触れた時に想像してしまった以上の逞しさに、オレは思わず身じろぎをする。このまま犯されたら、本当に壊れてしまいそうだ。

「……ア……アレッシオ……」

「そんな声を出されても、もう止まりませんよ」

彼が自分の欲望を摑み、オレの腿の間に差し入れてくる。

「……アァ……ッ！」

彼の怒張が、露わになったオレの双珠の上を滑る。そのまま屹立の根元から先端までを、ゆっくりと往復する。二人の先走りが入り混じるヌルリとした感触が、すごく淫らだ。

「……ンン……ッ……！」

アレッシオの先端が、先走りを塗りつけながら腿の間のスリットをゆっくりと滑る。露わになった蕾《つぼみ》に彼が触れてきて、思わず震えてしまう。

「……アアッ……！」

彼の先端が、オレの蕾の周囲をゆっくりと辿《たど》る。触れるだけで溶けてしまいそうなその熱さに、身体の奥から不思議な欲望が湧き上がる。

……このまま挿《い》れられたら、きっと壊れてしまう。それでも……。

「……ア……アレッシオ……」

オレの唇から、淫らにかすれた声が漏れる。

「……オレ、おまえが欲し……」

オレは目を開き、自分にのしかかる美しい男を見上げる。

「……このまま挿れて……オレをめちゃくちゃにしていいから……」

アレッシオは一瞬息を呑み、それから苦しげなため息でそれをゆっくりと吐き出す。

「なんて人だ。そんなこと、できるわけがないでしょう」

彼は言いながら欲望の先端を滑らせ、さらに深く身を屈《かが》める。二人の屹立が触れ合い、そのまま一つにして彼の手の中に握り込まれる。

「……ンンッ……おまえの、熱い……！」

「一度、イッていいですか？　このままでは、無理やり犯さない自信がないんです」

彼は言いながら、いきなり二人の屹立を速い速度で扱き上げた。

「……あ、やぁ……もっとゆっくり……ンン——ッ！」

感じすぎたオレの屹立は、ほとんど抵抗できずに白濁を迸《ほとばし》らせた。真紅のシルクがしとどに濡れて肌に張り付く。彼はオレの放った蜜を自身に塗りつけるように、屹立同士を何度か強く擦り合わせた。

「……あ、そんな……っ！」

彼が身を起こし、ヌルヌルに濡れた腰巻の紐を解いて、オレの身体の下から引き抜く。彼の先端がオレの蕾に当てられ、オレはこのまま貫かれるのかと息を呑んで……。

「……先生……愛しています……先生……」

アレッシオが、オレを見つめたまま自分の屹立を激しく扱く。そして、オレの蕾にきつく押し当てて……。

「……ッ！」

彼がセクシーに眉を寄せ、目を閉じて息を呑む。彼の屹立がビクビクと震え、オレの蕾に向かって、熱いものを迸らせて……。

「……あ、アレッシオ……っ！」

まだ硬く閉じたままの蕾に、ドクン、ドクン、と彼の欲望の蜜が流れ込んでくる。

「……あ……熱い……おまえの、入ってくる……！」

オレの内部が、熱い蜜で満たされる。初めての、そしてあまりにも淫らな体験に、オレは気が遠くなりそうなほど感じてしまう。

「……あ……中、ヌルヌル……もう溢れ……アアッ！」

彼の指が、オレの蕾にゆっくりと差し入れられた。

「……あ、指……指が……あぁ……っ」

あまりのことに混乱するけれど、ヌルヌルになったオレの蕾は拒むことができずに彼を受け入れ、キュウキュウと締め付けてしまう。

「先生の中、すごいです。ヌルヌルで、熱くて……痙攣《けいれん》しながら締め上げてくる」

アレッシオが囁きながら、オレの内壁をグルリと指で辿る。

「……アア――ッ！」

指がある一点を通過した時、オレは何もかも忘れてシーツを摑み、あられもない声を上げてしまった。だって、触れられた瞬間に、脳がスパークするほど気持ちがよくて……。

「すごい。震えながら、俺の蜜を呑み込んでいきます。なんて蕾だ」

彼が囁きながら、指をゆっくりと出し入れする。

「……ん、や……やだ……言うな……っ！」

オレの内壁がビクビクと激しく痙攣し、さらなる刺激を求めるかのように彼の指を誘い込む。クチュという淫らな水音に、頰が燃え上がりそうに熱くなる。

「……すごい、もうこんなことができるんですか？」

アレッシオが感動したような声で言う。

「……蕾が蕩けて、指が吸い込まれます。リズミカルに締め上げられて、まるでしゃぶられているみたいだ」

「……言うなってば……オレにも、どうなってるのかわからないんだから……っ」

「無意識でしているんですか？　とんでもない名器だな。……あなたは本当に、どこもかしこも極上です。愛しています、先生」

アレッシオがオレの唇に、そっとキスをする。ゆっくりと指が引き抜かれ、オレの蕾からトロリと彼の蜜が溢れる。

「……やだ……おまえのが出ちゃう……ンン――ッ！」

オレの蕾に、焼けた鉄の棒のように熱くて硬いものが、きつく押し当てられる。そのまま蜜のぬめりを借りて、ゆっくりとオレの中に押し入ってくる。

「……あ、すご……アレッシオ……！」

ギリギリまで押し広げられる痛みが、少し怖い。だけどヌルヌルになって震えている屹立を握り込まれ、ゆるゆると愛撫されたら、もう抵抗なんかできない。

「……あ、アアッ……ダメ、そこ、されたら……」

オレの蕾が、いきなりふわりと蕩ける。その隙を狙っていたかのように、アレッシオの欲望が一気にオレを犯して……。

「……アアッ！　アレッシオ……！」

想像できないほど深い場所まで、彼で満たされる。オレは彼の肩にすがりつき、荒くなった呼吸を整えようとする。

「痛いですか？　我慢できない？」

「……少し痛かった……けど……オレ……」

オレは絹の衣装に額を埋め、涙を流しながら告白する。

「……おまえと一つになれて……幸せだ……」

「ああ……なんて人だ」

彼が囁き、オレの唇にそっとキスをする。

「俺も幸せです。……愛しています、先生」

彼の囁きが、オレの胸を熱くする。

「……オレも愛してる、アレッシオ……アッ！」

オレの言葉が終わらないうちに、彼が抽挿を開始する。最初はいたわるようにゆっくりと、それからだんだんと速くなって……。

「……アッ……アッ……アッ……！」

彼が俺を奪う、ジュプッ、ジュプッ、という淫らな水音が、部屋の中に響く。オレは身体の奥から湧き上がる快感に、彼の肩にすがりつき、切れ切れに喘ぐことしかできない。

「……アレッシオ……すご……深……っ！」

「怖いですか？」

彼がオレをしっかりと抱き締め、激しくゆすり上げながら囁く。オレはかぶりを振って、

「……怖く……ない……すごく……」

「すごく……なんですか？　痛い？　それとも気持ちがいい？」

セクシーな声を耳に吹き込まれ、オレは自分が校医であることも、彼が教え子であることも、そしてここが学校の寮であることも……すべてを忘れてしまう。

「……気持ち、いい……」

彼に与えられる快感が、オレの身体をトロトロに蕩けさせている。

「……ああ、また、出る……出ちゃう……」

オレの内壁はブルブルと痙攣し、彼の屹立をきつく締め上げている。

「……またイク……イッちゃうよ……っ！」

彼の動きに合わせて、オレの屹立が大きく揺れている。放ったばかりなのに硬さを少しも失わず、先端から恥ずかしいほどの量の先走りを迸らせている。

「……や……あぁ……身体、とける……っ！」

先端から蜜が噴き出すたび、不思議なほどの快感が身体を痺れさせた。さらなる快感を求めるかのように、内壁が震えながら彼を締め付け、もっと深い場所まで彼を誘い込む。

「ああ……本当に、とんでもない身体をしてる……」

アレッシオが、かすれた声で呟く。

「……誰にも触れられなくて、本当によかった。こんな身体を一度知ったら、二度と忘れることなんかできません……」

アレッシオが囁いて顔を下ろし、オレを激しく奪いながら乳首にキスをする。

「……ぁ、やあ……そんな……アアッ！」

震える屹立が、彼の手に握り込まれる。奪う速度に合わせて、ヌルッ、ヌルッと扱き上げられ、張り詰めた先端に蜜をきつく塗り込められて……オレの身体が、激しく反り返る。

「……ンン――ッ！」

突き出された胸に、彼の唇が触れる。濡れた舌で乳首を転がされ、チュウッと強く吸い上げられて、目の前が真っ白になる。

「……ダメ……全部されたら、オレ……アア――ッ！」

オレの先端から、ビュクッ、ビュクッ！　と白濁が迸った。オレの内壁がビクビクと痙攣し、彼の屹立を硬く締め上げる。

「……中でイッてもいいですか……？」

アレッシオが、かすれた声で囁いてくる。

「……もう、とても我慢できません……！」

オレの心に、激しい欲望と、そして彼への愛おしさが湧き上がる。

「……きて……アレッシオ……きて……！」

「……先生……！」

彼はオレをしっかりと抱き締め、そのまま抽挿の速度を上げる。擦られる部分が燃え上がりそうに熱くなり、そこからたまらない快感が湧き上がる。

嵐の海に翻弄される小船のように、ベッドが激しく揺れる。オレは目を閉じて彼にすがりつき、その芳しい香りに酔いしれ、再び湧き上がる蕩けそうな欲望に目の前を白くする。

「……ケイ……愛している……！」

初めて名前で呼ばれ、驚いて目を開ける。その瞬間、オレのとても深い場所に、ドク、ドク、ドクッ！　と激しく欲望の蜜が撃ち込まれた。
「……くう、ンッ……アア――ッ！」

内壁を何度も抉《えぐ》られるような、激しい衝撃。身体の最奥で感じる、燃え上がりそうな熱。不思議なほどに感じてしまったオレの先端から、ドクドクッ！　とまた蜜が溢れた。

「……アッ、アッ……！」

オレは、トロトロになった内壁で彼を締め上げてしまう。二人の結合部分から、注がれた熱い蜜が溢れて肌を伝い……信じられないほど淫らだ。

「……ア……溢れる……」

「すごい……でもまだ、全然足りない」

アレッシオが、オレを抱き締め、深く貫いたままで囁く。

「気がすむまで、あなたを抱いてもいいですか？」

「……バカ、そんなこと、いちいち聞くな……」

オレは彼の顔を引き寄せ、その唇にそっとキスをする。

「……オレのすべては、おまえのものだ。おまえが満足するまで、いくらでも抱けよ……」

「……ケイ……！」

彼が体位を変え、今度は後ろから、再び激しい抽挿を開始する。オレは激しく喘ぎ、愛し合う二人でなくて行けない遥《はる》かな高みまで、何度も何度も駆け上って……。

◆

学生会長のアル・ディーンとその側近達は、学園を自主退学した。アレッシオは自分が学園長の孫であることを明かし、そしてその地位を継ぐことを宣言した。副学園長はアレッシオのお祖父さんに謝罪をし、そのままの地位に留まることになった。アル・ディーンにいる親類達とは、もう縁を切るみたいだ。

学園は平穏を取り戻し、なかなかいい感じだけど……遥と森が丘の仲が発展しそうでオレは気が気じゃない。と言いつつ、裏ではアレッシオとものすごく甘い蜜月状態だから、あんまり生徒に偉そうなことを言えないんだけど……。

「だから！　学園長室ではダメだって言ってるだろ……！」

オレは必死で暴れながら、後ろから抱き締めてきたアレッシオに言う。放送で大至急って言われたからなんの用かと慌てて走ってきたけど……またたまされてしまった。

「しかも、今はまだ授業中だ！　誰かケガ人でも出たら……！」

「保健室にはジョバンニを行かせてあります。何か急用なら、すぐに連絡が入ります」

「だからって……おまえ、学園長なんだぞ？　ちょっとは自覚を……アアッ！」

彼の手が滑り、オレのスラックスのファスナー引き下ろす。

「……バカ、何する……んんっ！」

スラックスの中に彼の手が滑り込んできて、オレは息を呑む。

「この手触り……また、下着を着けずに水着を着ているでしょう」

耳元で囁かれ、オレはギクリとする。

「え？　だって、今日はめちゃくちゃ天気がいいし、だから午後は日光浴を……ンッ！」

「本当に悪い先生です。いくらお仕置きしても直らないんだから」

囁きながらキュッと脚の間を刺激されて、中心がトクンと熱を持つ。

「ほら、もう硬くなってきた。こんな淫らな身体なのに、こんなに無防備だなんて」

「……アッ……やめ……ンン……ッ！」

布地ごと扱き上げられて、オレの屹立が一気に硬くなる。彼がスラックスから手を引き抜き、オレの身体の向きをクルリと変えさせる。

「愛しています、先生。このまま、ここで、最後までお仕置きです。……いいですね？」

熱い目で見つめられ、低い美声で囁かれたら、もう抵抗なんかできない。

「……バカ。イジワル。おまえなんか嫌いだ。でも……」

オレは彼の首に手を回し、背伸びをしてその唇にキスをする。

「……愛してる……このまま抱いて……」

オレの恋人は、ハンサムで、イジワルで……でも、こんなにもセクシーなんだ。

あとがき

こんにちは、水上ルイです。初めての方に初めまして。ほかの本も読んでくださっている方に、いつもありがとうございます。

今回の『学園の華麗な秘め事』の舞台は、エーゲ海に浮かぶ島に建てられた全寮制の高校、聖イザーク学園。世界中から王族やVIPの子息が集まる、ゴージャスな学校です。

主人公は、学園のアイドルでエッチな日本人校医・圭先生と、彼の元教え子でイタリアの大富豪の御曹司・アレッシオ。学生時代、さんざん誘惑（?笑）されたあげくに「未成年とはエッチしない」とあっさり振られてしまったアレッシオ。数年間の焦らしプレイ（笑）を終え、臨時採用教師として学園に戻ってきたアレッシオは最初から獰猛ケダモノお仕置きモードです。無意識に誘導フェロモンがだだ漏れになっているだけで、実はヴァージンの圭先生は、この後いったいどうなるの？（笑）

いつもはゴージャス系の年齢差物や特殊職業物が多いので、このお話はものすごく久しぶりの学園物。デコラティブな制服、学園祭、女装、そして権力を持つ学生会……と王道を目指してノリノリで書かせていただきました。あなたにもお楽しみいただければ嬉しいです。

それではこのへんで、お世話になった皆様に感謝の言葉を。

コウキ。先生。初めてご一緒できて光栄でした。たいへんお忙しい中、とても素敵なイラストをどうもありがとうございました。獰猛でハンサムなアレッシオと、美人で色っぽい主先生にうっとりしました。これからもよろしくお願いできれば嬉しいです。

編集担当Sさん、Oさん、ルチル文庫編集部の皆様。今回も本当にお世話になりました。これからもよろしくお願いできれば幸いです。

そしてこの本を読んでくれたあなたへ。どうもありがとうございました。

水上ルイ、二〇一三年も頑張ります。これからも応援していただけると嬉しいです。

それでは。また次の本でお会いできるのを楽しみにしています。

二〇一三年　二月　　　水上ルイ

✦初出　学園の華麗な秘め事…………書き下ろし

水上ルイ先生、コウキ。先生へのお便り、本作品に関するご意見、ご感想などは
〒151-0051 東京都渋谷区千駄ヶ谷 4-9-7
幻冬舎コミックス　ルチル文庫「学園の華麗な秘め事」係まで。

幻冬舎ルチル文庫

学園の華麗な秘め事

2013年2月20日　第1刷発行

✦著者　水上ルイ　みなかみ るい

✦発行人　伊藤嘉彦

✦発行元　株式会社 幻冬舎コミックス
〒151-0051 東京都渋谷区千駄ヶ谷 4-9-7
電話 03(5411)6432［編集］

✦発売元　株式会社 幻冬舎
〒151-0051 東京都渋谷区千駄ヶ谷 4-9-7
電話 03(5411)6222［営業］
振替 00120-8-767643

✦印刷・製本所　中央精版印刷株式会社

✦検印廃止

ISBN978-4-344-82758-5　C0193　Printed in Japan